Nouvelles et Oulipo 2021

Nouvelles et Oulipo 2021

Ce recueil n'existerait pas sans les encouragements d'Emmanuelle qui anime chaque mercredi l'atelier d'écriture « Un temps pour soi ».

Que de stimulations d'y coproduire ces mots avec Laurène, Céline, Isabelle, Gilles et Jeff !

Merci à Isabelle, ma femme, pour sa contribution à transformer mes écrits de premier jet en nouvelles.

Ce livre a été corrigé avec le logiciel Le Robert Correcteur avant sa publication. C'est un gage de qualité pour votre plus grand plaisir de lecture

Texte de pantoum sur le thème « Partir »

Groupe « Un temps pour soi ». Il est écrit en strophes de quatre vers à rimes croisées construites de telle sorte que le deuxième et le quatrième vers de chacune passe dans la suivante pour en former le premier et le troisième vers; le premier vers de la pièce doit en outre revenir à la fin, comme dernier vers (non respecté dans l'exemple ci-joint).

Partir dans l'inconnu dans une ville cosmopolite

Randonnée pédestre sans boussole, de cabane en cabane

Partir en vélo, en moto, sans se prendre le choux

Entre potes pas trop pêchus mais qui savent se guider

Randonnée pédestre sans boussole, de cabane en cabane

Dans une cité géante chinoise ou indienne

Entre potes pas trop pêchus mais qui savent se guider

En pousse-pousse en taxi sans se prendre le choux

Dans une cité géante chinoise ou indienne
Guidés par les saisons, les coutumes et les fêtes
En pousse-pousse en taxi sans se prendre le choux
Entre potes pas trop sérieux pour s'ouvrir sur l'inconnu

Guidés par les saisons, les coutumes et les fêtes
De cabane en cabane dans le sauvage et la canopée
Entre potes pas trop sérieux pour s'ouvrir sur l'inconnu
Sans se décourager des déluges et des tuiles

De cabane en cabane dans le sauvage et la canopée
Aimer les rencontres les plus inattendues
Sans se décourager des déluges et des tuiles
Des souvenirs en pagaille pour plus tard entre potes

- - - § - - -

Mots en « ui »

Groupe « Un temps pour soi ». On constitue d'abord en groupe une liste de mots contenant la syllabe « ui », en référence à la nuit. Chacun écrit une histoire en un temps très court, en prélevant le maximum de mots de la liste.

Après cette **cuite**, il n'avait pas conscience de cette **bruine** qui faisait **luire** la bassine de **cuivre** derrière l'**huisserie** de la **cuisine**. En **appui** sur le chambranle de la porte, **ébloui** par les reflets de la **nuit**, il n'avait pas assez d'**acuité** pour ne pas piétiner les **huit millepertuis luisants**, qui auraient préféré la **fuite**. Les reliefs de la **truite**, son repas et la **suite**, jonchaient là parmi les **suies** de la cheminée, restes d'une flambée **séduisante** en ce début de **nuitée**. Il **essuya** ses lunettes pour les ranger dans leur **étui**. Ce soir, il n'allait pas **tweeter**.

--- § ---

Esclandre à Chtchiolkovo

Nouvelle de science-fiction de 15 000 caractères environ, écrite pour le concours Kalahari Short Story Compétition, extraite du roman EXPLORA.

    Plus que ses compétences techniques, son goût pour les sciences sociales, sa maîtrise des langues et la pratique de la télépathie constituaient les atouts que Dmitri Bogodine appréciait chez Marilyn. Son profil collait en tout point pour cette mission spéciale. Cette métisse, sportive, avait été remarquée au centre d'entraînement de l'ESA à Cologne. Dès son arrivée à Chtchiolkovo, elle intégra l'équipe de la Cité des Étoiles. Nicolaï Chtchoussev l'accueillit avec enthousiasme, il lui attribua un appartement dans le bâtiment des héros de l'Espace. Elle n'était pas la seule : l'étudiante Shervan Emadian comptait aussi parmi les nouvelles recrues. Elle résiderait près des apprenties cosmonautes. L'étude des relations entre candidats et candidates au « grand saut », pendant cette période de cohabitation, faisait partie de son travail de thèse. Quelles étaient leurs appréhensions face au voyage sans retour, à quoi s'attendaient-ils lors de leur future rencontre avec les humanoïdes, que jugeaient-ils d'important à témoigner de la civilisation terrestre ? Tout cela méritait d'être consigné et analysé.

Comparée à Cologne, la Cité des Étoiles, cette base de spationautes décatie, était restée dans le style soviétique : glorieuse, pompeuse, et maintenant trop grandes pour l'effectif qui y résidait. La tour tronquée abritant la piscine était abandonnée depuis l'arrêt de l'ISS, comme d'ailleurs la centrifugeuse. Le personnel hésitait à la faire tourner faute de maintenance. Parmi les nombreux couloirs, avec leur moquette rouge d'époque, odorante et élimée par endroits, l'un d'eux entretenait le mythe. Il comportait une rangée de portraits de tous ceux et celles qui avaient franchi l'Espace à bord d'une fusée Korolev. Marilyn s'attardait à les examiner un par un. Commun à tous ces visages au sourire posé, le casque surmonté de l'étoile rouge et du sigle « CCCP ». À chaque passage, Marilyn se répétait leurs noms. Un jour, elle se surprit à citer le sien.

La camaraderie n'était pas le point fort de cet incubateur, personne n'avait encore été sélectionné. La compétition subsistait et les repas silencieux pris dans l'immense réfectoire en attestaient. Rares étaient les échanges au-delà des questions banales et des formules de politesse. Shervan tentait de nouer la conversation avec les uns et les autres. À part Marilyn, personne n'éprouvait le plaisir de la voir venir à sa table. Elle se sentait presque ignorée et accomplissait des efforts méritoires pour se lier. Elle finit par comprendre qu'elle n'était ici qu'invitée et ne faisait pas partie du sérail.

Les activités sportives communes de Sergueï et Marilyn, constituaient une exception dans ce climat d'évitement. Ils s'étaient retrouvés par hasard au stade. Elle s'exerçait à quelques démarrages au sprint profitant de la piste en tartan. Sergueï, lui, égrenait les kilomètres à son rythme. Il ne croyait pas en cette mission et c'est sans rapport de rivalité qu'ils se retrouvaient tous les jours autour de cette passion partagée de la course.

— Bonjour Marilyn. Vous faites de l'athlétisme ? Je vous ai chronométrée sur un demi-tour. Vous courrez vite !

— Bonjour Sergueï, fit-elle, en venant à sa rencontre, essoufflée. Non, mon sport c'est le basket. À Cologne, nous étions assez nombreux pour constituer deux équipes. Ici c'est différent. Je regrette un peu...

— On n'est pas près de faire du « sport-co », vu le climat qui règne ici, déplora Sergueï. Pour moi, c'est égal. Je n'y crois pas à cette soi-disant mission. Et vous ?

— C'est très audacieux. J'ai confiance en ce Bogodine. Il a l'air extrêmement déterminé ! Tout va se déclencher quand on aura récolté des preuves d'existence d'un autre monde.

Elle ne croyait pas si bien dire... Shervan, qui s'était absentée une semaine, revint de Moscou avec les résultats de Buyrakan, laboratoire dont elle dépendait. Elle était radieuse et ne voulait rien dévoiler avant sa présentation.

Elle réserva l'amphithéâtre et colla des affiches dans la cité.

La salle était immense, Shervan, perdue derrière son pupitre. Les auditeurs — une dizaine de personnes tout au plus, dont Vladimir et Nicolaï — avaient pris place aux deux premiers rangs.

Shervan exposa enfin à ce public restreint, le fruit de son travail de collecte. Vint alors la vue détaillée de K530 que chacun dans la salle découvrit avec scepticisme.

— Cette image paraît trafiquée ! C'est tellement précis, interpella Sergueï. On dirait Ganymède, ce satellite de Jupiter. Ces mers, ces montagnes et ces ouragans, trop flatteur pour être vrai. Un peu trituré ? On n'y croit pas !

— Ce n'est pas trituré comme vous dites, rectifia Shervan. L'image de synthèse a été créée par filtration et échantillonnage du signal original issu de la tache bleue et floue de la vue précédente. On utilise une représentation fréquentielle pour générer l'image détaillée, à partir de la convolution d'Abel. C'est ce procédé que les astronomes de l'ELT appliquent pour les observations fines d'exoplanètes. Je vous assure, il n'y a aucun tripatouillage. Tout ce que vous voyez résulte uniquement de calculs.

— Hum, fit Sergueï qui voulait saper cette démonstration et surtout instiller le doute chez toutes ses collègues.

— Voilà les deux stigmates qui nous permettent d'attester que K530 est bien habitée par des humanoïdes conscients, dont le développement est voisin du nôtre, à un ou deux siècles près.

La vue que Shervan afficha, dévoila dans la zone de montagnes, deux vallées fluviales qui se terminaient chacune par un lac. Un des lacs était délimité par une lunule, qu'elle assimila à un barrage-voûte. L'autre barrait l'étendue d'eau, par un trait parfaitement rectiligne. Pour appuyer l'hypothèse de la présence de constructions artificielles, elle afficha une autre vue représentant des barrages terrestres analogues, dont celui des Trois Gorges en Chine, le plus grand barrage du monde.

— C'est incroyable ! fit Nadejda en se levant. Ils sont comme nous !

— Ne te réjouis pas trop vite, répondit « l'esprit fort ».

— Nous n'avons maîtrisé la technique des grands barrages qu'à partir de la moitié du XXe siècle. Maintenant, je vais vous parler des conclusions du Professeur Kolli à propos de ces humanoïdes.

Un tableau comparatif apparut, Terriens à gauche et « Kolliens » à droite, Igor Kolli s'attribuant la paternité de la dénomination de ces êtres. On pouvait comparer les deux espèces à partir des lois d'échelle, sur le seul critère de la différence de gravité entre la Terre et K530. Nos apprentis cosmonautes apprirent ainsi que les Kolliens, de peau foncée, mesuraient 1,90 mètre, que leur volume crânien de 1 300 cm3 était très proche du nôtre et inférieur à celui de nos ancêtres Néanderthaliens, qu'ils marchaient à 3,3 km/heure malgré leur grande taille, soit à un pas de sénateur, qu'ils vivaient jusqu'à cent vingt ans et que leur métabolisme leur permettait de se nourrir qu'un jour sur deux.

Ces affirmations laissèrent nos auditrices très songeuses. Comment pouvait-on déduire tout cela à partir d'une rognure d'ongle et d'un trait sur une image fabriquée par des calculs ? Même Sergueï était resté coi. Il rejoignit son appartement sans un mot.

Le climat devenait de plus en plus détestable. Chacun avait compris que les choses étaient maintenant enclenchées et que ce ne serait pas une mission de routine. Le lancement serait suivi par le chef du Kremlin en personne.

Un matin, Sergueï aborda Marilyn d'une façon singulière. Il prétendit que Nicolaï avait pris sa décision. « Ce n'est pas encore officiel, mais c'est Natalya Kuleshova qui a finalement été choisie », lui dit-il, masquant sa fourberie en faisant mine d'être déçu.

« C'est la candidate la plus apte à cette mission. Elle est jeune, elle est Russe et a fait ses armes dans l'aviation, ce qui est un prérequis ».

« Quel culot il a de dire ça ! » pensa Marilyn, anéantie par cette nouvelle. Elle retourna à son appartement. En traversant le hall, elle n'eut pas un seul regard sur les photos qui lui étaient maintenant familières.

Elle extirpa ses valises empilées au-dessus de l'armoire et commença à y jeter machinalement ses habits. Une petite voix la conjurait de reprendre son calme. Elle s'assit très lasse sur son lit. C'est vrai que Sergueï était tout sauf sincère. Elle n'avait aucune raison de prendre à cœur cette réflexion. Le soir dans sa chambre, alors qu'elle n'arrivait toujours pas à se calmer, elle réalisa à quel point cette mission lui était essentielle. « Je n'arrive ni à manger, ni à dormir ni à empêcher mes mains de trembler. Dès que le soleil se lèvera, je quitterai cet endroit ! » se résolut-elle. La nuit lui porta conseil, elle se ressaisit. Il fallait qu'elle vérifie cette rumeur. Elle voulut sonder la position de Nicolaï Chtchoussev.

Elle le trouva à la même place que d'habitude au réfectoire. Elle lui demanda s'il accepterait de dîner en sa compagnie.

— Bonsoir Nicolaï. Nous sommes maintenant à presque quatre mois du lancement. Avez-vous décidé qui s'embarquerait pour la mission ?

— Oh, non pas encore, répondit-il en toussotant, signe qu'il se sentait agressé par cette question directe. Nous avons encore un peu de temps avec Bogodine pour prendre cette décision.

— Il paraît que Natalya est bien placée. Ce n'est qu'une rumeur bien sûr, mais il n'y a pas de fumée sans feu. Et puis, elle est Russe, jeune, et issue…

Elle n'eut pas le temps de finir sa phrase, Nicolaï se leva, son plateau à peine entamé, en lui souhaitant le bonsoir. « C'est un aveu », se dit-elle. Maintenant que les bruits de couloir confirmaient une décision qui n'allait pas tarder à devenir officielle, il fallait passer à l'offensive. Elle appela Vladimir Popov, son protecteur.

— Allô, Marilyn. J'ai toujours un immense plaisir de discuter avec vous. Vous êtes une femme remarquable, répondit-il de son ton obséquieux. Au courant de quoi ma chère ?

— Eh, bien pour Natalya !

— Non, lança-t-il sans hésitation. Il y a un moment que je n'ai pas vu Nicolaï. Ce choix m'étonne un peu. Je vais l'appeler. On avisera après. Bonsoir !

Vladimir Popov était son seul appui. Mais c'était un allié de poids. Comme membre influent du parti, il tenait un porte-voix dans l'oreille du Kremlin. Le lendemain et le surlendemain elle n'eut aucune nouvelle. Elle ne sortit qu'aux heures où elle était sûre de ne croiser ni Natalya, ni Sergueï.

Ça n'est qu'après une semaine qu'elle reçut son appel. Vladimir aimait bien sa protégée. Il lui confirma sans détour que Nicolaï avait mis en avant la candidature de Natalya. Mais lui, comme responsable de Roscosmos, avait son mot à dire. Il l'informa qu'il en avait parlé au Kremlin et que son sort se jouait en ce moment. Le Camarade Président sait qu'une métisse a rejoint la Cité des Étoiles. Après avoir d'abord estimé cette idée incongrue, il la trouve maintenant excellente.

Vladimir poursuivit : « Oui c'est vrai, vous êtes une femme de couleur, mais aussi un symbole que le Kremlin ne manquera pas de mettre en avant, car ce vol sera un évènement planétaire. Ne vous désespérez pas. Vous avez vos chances ! »

Une information provenant de Baïkonour vint rajouter à l'incertitude qui régnait à la Cité des Étoiles : la taille du vaisseau était incompatible avec un seul lancement. Il fallait procéder en deux temps. Un premier vol aurait lieu quelques temps avant le décollage officiel pour satelliser le réservoir d'énergie. Le vaisseau habité serait propulsé par une fusée Angara au calendrier convenu. La mission imposait un rendez-vous spatial. Une opération délicate à effectuer en aveugle qui devait être répétée sur simulateur. Nos apprenties se devaient d'exceller lors de ces exercices pour être retenues. Natalya et, Nadejda avaient le plus de pratique, car elles connaissaient le matériel russe. Marilyn, manquait l'arrimage lors des premières séances. Depuis, elle redoublait d'efforts pour égaler ses devancières, comme un alpiniste se raccroche à sa corde, après avoir dévissé. Curieusement, cette épreuve améliora les relations entre les protagonistes. Loin des manœuvres de cour, ne constituait-elle pas une compétition à la loyale ?

Le chronométrage de la phase complète disqualifiait Marilyn. Elle avait beau faire, impossible d'atteindre le temps de Natalya. Quinze jours avant le lancement, elle ne progressait plus ! Jusqu'au dernier moment, on ne sut quoique ce soit sur les tenants et aboutissants.

Ou plutôt si. Natalya contracta une grippe carabinée deux jours avant que l'équipe de cosmonautes au complet s'envole pour Baïkonour. Elle surgit à l'infirmerie pour qu'on lui administre tout ce qui était connu des médecins pour faire baisser cette stupide fièvre. Elle enrageait d'avoir été frappée par le sort et s'accrocha coûte que coûte à ce que personne ne s'en aperçut.

Lors du remplissage d'ergols de la fusée, la procédure de vérification systématique fut déclenchée. Les responsables des métiers indispensables au bon déroulement du vol l'appliquèrent, tels les ingénieurs, les météorologues, les fiabilistes et… le médecin. Advint le moment d'ausculter Natalya. Le docteur de la base l'examina dans la salle d'habillage au pied de la tour de lancement. Pendant ce temps, Chtchoussev, nerveux, faisait les cent pas dans la salle de contrôle. Il reçut un appel urgent. Il était question de retarder le vol pour raison technique. Bogodine faisait partie des personnalités invitées. Il devina dans le regard de Chtchoussev qu'il devait le suivre à la salle de préparation. Natalya n'était pas prête. Elle vociférait en petite tenue, tournant comme une lionne autour du médecin, qui essayait de lui faire reprendre son calme.

— Natalya est malade. Elle ne peut pas partir dans cet état !

— Non, c'est rien ! hurla Natalya.

Dmitri et Nicolaï se regardèrent l'un l'autre, atterrés : ils avaient pensé à tout sauf à cette éventualité. Il était impossible de reporter ce vol.

— Quelle est la consigne dans ce cas, docteur ? demanda Nicolaï.

— La procédure est claire. Elle n'a cependant jamais été appliquée… et pour cause ! Il faut changer l'équipage et le substituer par le ou la cosmonaute de remplacement.

Chacun réfléchit. Bogodine parla le premier.

— Faites venir Marilyn ! ordonna-t-il avec force. C'est elle qui s'envolera à bord de Pioneer. Ça a toujours été mon choix et je trouve que l'on a déjà trop tergiversé !

Dans un grondement assourdissant, Angara s'éleva dans la nuit noire du ciel kazakh. En direct de Baïkonour, notre envoyé spécial de l'agence TASS :

« Nous sommes le 12 avril 2061 pour assister au lancement de la fusée Angara en ce jour anniversaire. Un siècle après le vol de Youri Gagarine, est réuni ici un parterre d'officiels du Parti Communiste, dont le Président de la Russie, Monsieur Vladimir Popov, Président de Roscomos ainsi que du Prix Nobel, Igor Kolli, parrain scientifique de cette aventure humaine. »

— Professeur Kolli, cette mission initialise-t-elle la colonisation d'une nouvelle planète par l'humanité ? demanda la journaliste Natalya Vereshnova.

— Non, répondit le chercheur. Il n'y a que dans l'esprit des Américains, qu'est née pareille utopie. Rappelons que la Russie, elle, a recueilli des millions de réfugiés climatiques. Nous sommes habitants de la Terre et nous y resterons !

— Alors pourquoi cette mission ? interrogea la journaliste.

— C'est une vraie mission scientifique d'anthropologie ! Un humain, une femme, va rencontrer et étudier une civilisation d'humanoïdes conscients comme la nôtre. Il y aura énormément de retombées dans les sciences humaines, je vous assure !

— Les ondes radio ne mettront-elles pas des années avant de nous parvenir ?

— Oui, mais il ne s'agit que de quelques années de patience, à comparer aux décennies durant lesquelles nous n'avons pas appris grand-chose sur l'espace.

- - - § - - -

Les 14 fois

Groupe « Un temps pour soi ». Il consiste à incrémenter une première phrase imposée « Elle était très intriguée », en la répétant 14 fois et en y ajoutant à chaque fois un complément, qui nous passe par la tête.

Elle était très intriguée

Elle était très intriguée par ce quartier

Elle était très intriguée par ce quartier hors d'atteinte

Elle était très intriguée par ce quartier hors d'atteinte émaillé par ce maquis de ruelles

Elle était très intriguée par ce quartier hors d'atteinte émaillé par ce maquis de ruelles colorées par ses habitants

Elle était très intriguée par ce quartier hors d'atteinte émaillé par ce maquis de ruelles colorées par ses habitants en chemises bariolées et ses femmes en boubou

Elle était très intriguée par ce quartier hors d'atteinte émaillé par ce maquis de ruelles colorées par ses habitants en chemises bariolées et ses femmes en boubou préparant la fête de l'école

Elle était très intriguée par ce quartier hors d'atteinte émaillé par ce maquis de ruelles colorées par ses habitants en chemises bariolées et ses femmes en boubou préparant la fête de l'école et qui n'en était pas à son premier spectacle de caragueuses

Elle était très intriguée par ce quartier hors d'atteinte émaillé par ce maquis de ruelles colorées par ses habitants en chemises bariolées et ses femmes en boubou préparant la fête de l'école et qui n'en était pas à son premier spectacle de caragueuses dont il restait à distribuer les rôles

Elle était très intriguée par ce quartier hors d'atteinte émaillé par ce maquis de ruelles colorées par ses habitants en chemises bariolées et ses femmes en boubou préparant la fête de l'école et qui n'en était pas à son premier spectacle de caragueuses dont il restait à distribuer les rôles, sans froisser la susceptibilité des moins méritants

Elle était très intriguée par ce quartier hors d'atteinte émaillé par ce maquis de ruelles colorées par ses habitants en chemises bariolées et ses femmes en boubou préparant la fête de l'école et qui n'en était pas à son premier spectacle de caragueuses dont il restait à distribuer les rôles, sans froisser la susceptibilité des moins méritants sous le regard amusé du maire

Elle était très intriguée par ce quartier hors d'atteinte émaillé par ce maquis de ruelles colorées par ses habitants en chemises bariolées et ses femmes en boubou préparant la fête de l'école et qui n'en était pas à son premier spectacle de caragueuses dont il restait à distribuer les rôles, sans froisser la susceptibilité des moins méritants sous le regard amusé du maire satisfait d'y voir accourir la télévision, la radio

Elle était très intriguée par ce quartier hors d'atteinte émaillé par ce maquis de ruelles colorées par ses habitants en chemises bariolées et ses femmes en boubou préparant la fête de l'école et qui n'en était pas à son premier spectacle de caragueuses dont il restait à distribuer les rôles, sans froisser la susceptibilité des moins méritants sous le regard amusé du maire satisfait d'y voir accourir la télévision, la radio et pourquoi pas un ministre en vue qui ferait un discours pour clore la fête

Elle était très intriguée par ce quartier hors d'atteinte émaillé par ce maquis de ruelles colorées par ses habitants en chemises bariolées et ses femmes en boubou préparant la fête de l'école et qui n'en était pas à son premier spectacle de caragueuses dont il restait à distribuer les rôles, sans froisser la susceptibilité des moins méritants sous le regard amusé du maire satisfait d'y voir accourir la télévision, la radio et pourquoi pas un ministre en vue qui ferait un discours pour clore la fête de ce quartier hors d'atteinte émaillé par ce maquis de ruelles coloré par ses habitants….

- - - § - - -

Brève histoire autour d'un personnage

Groupe « Un temps pour soi ». Mettre un personnage dans une situation insolite.

Elle monte dans le bus entre la Tour Maubourg et le Champ de Mars.

Elle tombe nez-à-nez avec cet homme affublé d'un chapeau gris assorti à ses cheveux mi-longs poivre et sel et son regard perçant de ses yeux noirs de geai.

Les trois jeunes gens qui l'accompagnent, blazer, cravate, cheveux ras, le dévisagent d'un air dédaigneux. Il n'est sans doute pas d'ici ce clochard.

Elle, couverte de bijoux, ose une remarque sur le port de son masque. Il lui répond sûr de lui : « Avez-vous lu ce livre de René Char ? » en lui tendant le livre.

Elle embarrassée, trop sur son quant-à-soi, se laisse pourtant faire par cette apostrophe improbable. Oui, elle se laisse faire. « Non je ne l'ai pas lu. C'est avec plaisir que je vous l'emprunte ».

Nouvelles et Oulipo 2021

Tableau équestre en Moldavie

Correspondance de mon grand-père Fernand, lors de la première campagne de Roumanie menée en 1917 par le général Berthelot à laquelle il prit part.

Après être parti à cheval pour Vaslui, mon colonel tout crotté m'a rejoint dans sa carriole tirée par deux chevaux, sans garde-boue, ni capote, ni verni ni élégance. Bref un véhicule semblable à celui que les paysans auvergnats prennent pour se rendre aux foins. Nous nous rendons ensemble dans cet état, crottés, au mess où le général Berthelot devait nous voir. Etaient présents tous les généraux et colonels de la région ainsi que les officiers français adjoints. Je ne vous dirai rien de l'inspection très courte, du discours très court, du thé très court parce que pris debout. Comme d'habitude les paroles ont dû donner dans le vide et le résultat sera négatif. On a sauvé les apparences, on a parlé, on a pris des notes, tout le monde est content, cela doit suffire…

A propos des paysages et villages hivernaux roumains, je veux ici vous en faire le témoignage, vu d'une carriole : il voudrait mieux les dessiner que de les décrire tant ils sont pittoresques. Nous empruntons une route large au début qui devient étroite pendant la moitié de la traversée du village. A elle seule cette route mérite un tableau. Imaginez-vous une piste ouverte dans une terre grasse labourée sur laquelle est en train de fondre une neige piétinée sur un demi-mètre d'épaisseur. Cette boue grasse et ferme giflée par le sabot du cheval produit un son analogue à celui de la pâte à pain brandie dans le pétrin. Sur les bords, une mince couche de boue fluide s'écoule comme un ruisseau et le cheval en y passant me rappelle le bruit d'une hélice dans l'eau. Le mal serait supportable si le sol, malgré ce manteau de graisse, était uni ; mais il y a des trous et des bosses à disloquer les voitures de France les plus robustes. A droite et à gauche de la route des champs plats couverts encore de neige, paresseuse à fondre. Après quelques villages, la route devenue meilleure, nous pénétrâmes dans une forêt. Dans ce cadre, par une de ces nuits noires qui efface la séparation entre le ciel et la terre, progresse notre petit carrosse dans le silence et la solitude. Celui-ci semble voûté tant il est mesquin. Les chevaux trottent dans la boue flasque qui gicle à droite et à gauche et tombe en pluie sur les côtés.

Pas une parole, pas un cri seulement les remous de l'eau et le roulement ouaté de la bagnole. Derrière ce pauvre et rustique attelage, on aperçoit à peine un cavalier au petit trot qui, s'il reçoit de la boue de la voiture, a vite fait de la rembourser par ses propres moyens. Son cheval est plus grand que les nôtres, son trot est plus lent, c'est alors dans l'eau le bruit de l'hélice d'un navire déchargé qui quitte lentement le port. La faiblesse des réactions oblige le cavalier à un mouvement irrégulier qui le voûte et semble l'écraser sur sa selle. Voilà un des spectacles que vous auriez vu en vous postant sur la grande route de Vaslui. Vous auriez certainement dit en nous voyant, vous qui ne connaissez pas les mœurs et le luxe moldaves : Pauvres réfugiés, quelles dures étapes. Ah quel spectacle pénible avec la guerre ! J'étais le cavalier…

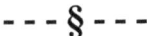

Commander une histoire

Groupe « Un temps pour soi ». Consigne : commander une histoire qui contiendrait ces 5 mots : Kraken, Chewing-gum, Vermoulu, pardessus, Duc.

A l'angle de la rue Vandrezanne et de la rue Raminagrobis, il y avait une librairie dont la vitrine provoquait l'attroupement des écoliers. Y étaient en évidence de vieux livres de collection, de reliure rouge, grand ouverts, prix d'excellence et d'assiduité de nos classes d'entant.

Une gravure représentait un **kraken** terrassant un trois mat. Elle attirait bon nombre de garçons. « Mais si, ces monstres existent ! » affirma l'un d'eux, sûr de lui.

Les autres restaient dubitatifs. Le vieil homme en **pardessus** qui se tenait depuis un moment à gauche de la vitrine confirma.

« Ces monstres ont bel et bien existé. Demandez au libraire ! ».

N'y tenant plus, le plus téméraire de la bande mit son **chewing-gum** dans sa poche et entra seul dans la boutique. Elle était sombre et le parquet **vermoulu** craquait sous ses pas. Au-dessus de sa tête un Grand-**Duc** empaillé les ailes grandes ouvertes le reluquait d'un air menaçant de ses grands yeux orange, prêt à fondre sur lui, toutes serres déployées. Plus que l'idée du kraken, c'est la vue du rapace qui le figea de peur. Il s'enfuit aussitôt sous les rires de ses camarades.

Les Teufeurs d'Irkoutsk

Anecdote de mon grand-père Fernand affecté à Irkoutsk, lors de la Mission Française en Sibérie menée par le général Janin à laquelle il prit part. J'adore son style de narration !

Ici la vie est bizarre. Il faut que je vous explique en quoi l'emploi du temps des autochtones est fort curieux pour un étranger et particulièrement pour un Français. Jugez-en par vous-même. Prenons pour base que le jour commence à deux heures de l'après-midi. On se lève à cette heure-ci. Déjeuner vers trois heures ou quatre heures. S'ensuit une sieste de quatre à cinq heures.

Toilette pour le soir, puis de huit heures à minuit théâtre, alors commence la vie. De minuit à huit heures du matin, ce qu'un Français fait entre huit heures et onze heures du soir avec dîner à deux heures du matin. Ainsi quand nous dînons à neuf heures le soir nous sommes toujours seuls dans le plus grand restaurant de la ville. De huit heures à quatorze heures sommeil. Les gens énergiques travaillent de dix heures à onze heures du matin. Les magasins en ville ferment à quinze heures. On dort beaucoup, on mange assez, on boit surtout et on tue le temps comme on peut, à l'exemple de cette soirée entre officiers à laquelle je me rends. Nous sommes sept et l'un d'eux, celui qui me convie régulièrement à l'opéra avec sa femme, parle français. Heureusement ! La soirée commence comme de coutume vers deux heures. On sort la vodka. Les chants sont entrecoupés de toasts en l'honneur du Tsar, de l'armée, de la France et que sais-je encore... j'en ai compté une quarantaine ! Dans un état d'ébriété avancé , mon voisin extirpe de sa poche son portefeuille avec difficulté, au prix de nombreuses contorsions et me le tend. « Je crois que je vais bientôt rouler sous la table. Il sera plus en sécurité dans votre poche ! »

C'est la grande devise ici : tout est arrangé pour qu'il y ait fort peu d'heures à donner au travail. Vraiment on ne se croit pas chez des hommes comme les autres et pour moi la différence entre occidentaux et orientaux n'est pas dans les mots ou dans les habitudes mais bien dans l'essence même des êtres. Il faut – c'est un oubli – que le septième jour, Dieu au lieu de se reposer, ait vers minuit en une minute, créé le Russe qu'il avait oublié !

- - - § - - -

Meurtre à Pembroke Docks

Nouvelle de 30 000 caractères environ, extraite du roman Les zélotes de Greenland

Reem Kertali atterrit à Bristol et récupéra la Vauxhall de location qu'elle avait réservée. « Maudite direction à droite ! » se dit-elle en essayant de coordonner sa conduite avec les indications de son GPS. Après la longue route côtière et après avoir passé Milford Haven, elle vit enfin le panneau « Doc Penfro », nom gallois de Pembroke Docks. Elle poursuivit la route jusqu'à l'adresse du B&B qu'elle avait contacté la veille. L'enfilade de maisons de brique, les bow-windows ainsi que les boîtes aux lettres en tôle, toutes identiques, lui rappelaient ses séjours linguistiques d'étudiante. Voilà le numéro 7. La porte d'apparence soignée avec son heurtoir en laiton astiqué, avait dû être repeinte, ce que l'on pouvait deviner à l'arrondi très estompé des moulures. Malgré l'abri que le porche lui procurait, le vent mêlé de pluie lui fouettait le visage et elle avait hâte de rentrer. Une dame, la soixantaine, ouvrit. Elle lui adressa un sourire de bienvenue et un « Please, come in ! » Très guttural. Les papiers peints roses fleuris du hall étaient couverts de cadres de toute taille, penchés et droits. Images évidentes du culte voué au même jeune homme qui, le sourire conquérant, arborait tantôt une coupe, tantôt un ballon de rugby sous le bras. Il devait être le fils, et donc la gloire de la famille. Les deux fauteuils au dossier haut et enveloppant autour du « fireplace », confirmaient que Reem se trouvait maintenant dans le foyer cosy de la maison. Celui qui devait être son mari, lui adressa un « Hello » bienveillant, suivi d'une longue phrase ponctuée de « gue, gue » incompréhensibles. « Ah, qu'elles étaient loin les conversations avec les autochtones lorsqu'elle était lycéenne ! » se dit-elle. Une jeune fille, assise à la fenêtre à côté d'une pile de journaux retira ses oreillettes à la vue de l'inconnue. Elle vit à l'expression de Reem qu'elle n'avait rien compris à la question de son père. Elle réitéra la phrase à son intention, de façon plus conforme aux standards de l'anglais qu'elle avait appris. Elle fut rassurée par sa présence qui heureusement, pouvait lui faire la traduction entre l'anglais et le gallois. Après avoir visité sa chambre et échangé sur les commodités de son séjour, c'est-à-dire l'heure du breakfast qui lui convenait, si elle voulait des beans ou du porridge, la clé de la maison, elle demanda enfin s'ils connaissaient le club de plongée de Pembroke. Monsieur se leva, et extirpa une revue de la pile de journaux. Ce devait être une revue municipale, au vu du magnifique écusson qui ornait la couverture. Marmonnant dans sa pipe, l'homme se rappela que c'était bien là. Il l'avait vu dans un article avec une magnifique photo noir et blanc qu'il finit par retrouver en feuilletant. Une équipe de plongeurs posait fièrement sur un quai avec comme toile de fond, une gigantesque structure couchée qui flottait sur le chenal. « Pembroke était un chantier naval célèbre. On peut encore visiter la cale sèche qui date d'Henri VIII ! Il y a trente ans, le chantier naval de Pembroke s'était reconverti en site d'assemblage de plateformes pétrolières off-shore. Il y a un important terminal gazier vers Milford. Il est toujours en service. » Et il découpa la page pour la lui donner. Elle mentionnait l'adresse du club.

Reem Kertali, dévorée par la curiosité, extirpa de son sac sa carte CMAS et son carnet de plongée pour se diriger vers le port, en quête de ce qui ressemblerait à la photo. Le bourg était petit mais le port immense. Elle se dit qu'elle avait eu tort de vouloir s'y rendre à pied. En apercevant la mer, elle tomba net sur le terminal de ferries à destination de l'Irlande, presque impraticable à pied, tant il y avait d'obstacles et de barrières. On distinguait de l'autre côté du chenal, cinq immenses éoliennes en batterie sur le haut d'une colline, qui témoignaient, au vu de leur vitesse de rotation, que pour la force des vents, le Pays de Galles n'avait rien à envier à la pointe de Barfleur à l'extrémité du Cotentin. Elle longea le quai vers le nord. Au fur à mesure de sa marche, ses abords devenaient moins dantesques et de plus en plus humains avec ses pubs et restaurants de pêcheurs, malgré l'omniprésence de superstructures de gros chalutiers alignés le long du quai. Un couple de marins vint à sa rencontre. Elle demanda son chemin.

— Hello ! The diving center please ?

— Jattles, this is near by, fit le marin en indiquant la direction avec sa main tendue et en se retournant. Il la regarda, puis confirma par un hochement du menton.

Il finit par un imperceptible salut en frôlant sa casquette du doigt et en lui rendant son sourire… qu'il avait quelque peu édenté.

Enfin elle atteignit le Diving Club de Pembroke où ce qu'il en restait avant son heure de gloire, c'est-à-dire un vieux hangar en briques dont les fenêtres étaient tantôt condamnées, tantôt bouchées par des plaques de plexiglas jaunies, ainsi qu'une cabane en bois près du quai, qui devait être le bureau. En contrebas, une barge métallique et un zodiac équipés pour la plongée la rassurèrent sur sa destination. Elle prit néanmoins son courage à deux mains pour pousser la porte et prendre contact.

Deux hommes discutaient entre eux de part et d'autre d'un semblant de comptoir, sans interrompre le moindre du monde leur conversation. Il flottait une odeur forte indéfinissable de tapis mouillé, mêlé de néoprène et d'embrun marin. Il y avait comme dans tout club, la sempiternelle vitrine pleine de coupes poussiéreuses et de photos racornies. Ces trophées déjà anciens attestaient de records de plongée atteints dans les années soixante-dix. Les dédicaces au feutre sur les photos étaient très délavées. Elle crut reconnaître un insigne de la COMEX et la photo dédicacée de Jacques Yves Cousteau qui confirma son intuition.

La conversation stoppa pour une harangue qui traversa le cabanon, adressée à la visiteuse, tel un lancer de harpon. « This is Cousteau, yes ! »

Reem s'approcha du comptoir estimant qu'elle avait maintenant l'autorisation tacite d'interférer au sein du duo.

— I am looking for diving lessons.

— OK, did you practice yet ?

— Sure ! I am a two stars diver, I mean, referring to the CMAS ranking.

Et elle montra sa carte de plongeuse confirmée et remit son carnet. Elle demanda si le club pratiquait la plongée en eau profonde et s'il y avait des clients en ce moment.

Celui qui devait être le patron du club confirma qu'une plongée au Nitrox était prévue le lendemain à dix heures. Il consulta le carnet des plongées de Reem Kertali et regretta de ne pouvoir l'inclure avec l'autre plongeur pour constituer une palanquée avec un moniteur. Elle n'osa pas demander le nom de ce plongeur. Cela aurait paru bien sûr incongru. Elle répondit que cela lui était égal d'effectuer une plongée classique à vingt mètres, accompagnée ou non.

Marché conclu ! Ça y est, elle était inscrite pour demain matin, neuf heures sans faute. En sortant, elle fit le tour du hangar et sorti son téléphone crypté. Il y avait plusieurs canaux et essaya de prendre contact en commençant avec les quatre premiers. Une voix répondit enfin.

Elle chercha son smartphone afin d'identifier les coordonnées géodésiques du club de plongée pour les transmettre au commando.

— Colonel Berru ?

— Affirmatif. Vous êtes Reem Kertali ?

— Oui. Je suis au club de plongée, dit-elle en confirmant son identité. Il y a une plongée en eau profonde prévue demain matin à dix heures. Je n'ai pas le nom du plongeur.

— On verra bien. Demain, on fera une répétition. Nous allons effectuer un suivi avec le bateau d'interception mais nous ne tenterons rien.

— OK, compris. Je vous donne les coordonnées GPS du club.

Maintenant qu'elle était au pied du mur, Reem se rendait compte de la difficulté de l'opération. Tout reposerait sur la détection du départ des plongeurs par le bateau d'interception, en espérant que le spot ne soit pas trop éloigné.

Le lendemain après un breakfast roboratif, elle découvrit enfin le plongeur amateur de Nitrox. Elle fut soulagée de reconnaître à son mauvais accent qu'il était français. Le moniteur lui demanda ce qu'elle avait comme matériel. Elle montra son sac en l'ouvrant et dit qu'elle n'avait pas de stab, ni de détendeur ni d'ordinateur. « OK, fit-il. On vous fournira tout ça. » Ils furent invités à se préparer. « Les vestiaires sont dans le hangar. Rendez-vous dans vingt minutes. OK ? »

Le hangar était une sorte de capharnaüm qui puait l'huile. Des zodiacs à moitié dégonflés, inutilisables, se couvraient patiemment de poussière que quelques décennies d'oubli s'appliquaient à déposer. Il y avait aussi des moteurs hors-bord éventrés, agonisant sur des racks, eux aussi hors d'usage. Au fond, une porte, laissait penser qu'elle donnait accès aux vestiaires. Une simple cloison dans ce local, habillé d'une frisette jaunie et vieillotte qui montait jusqu'au plafond, séparait les vestiaires hommes de ceux des femmes. Un vieux banc scolaire en bois ainsi que quelques portemanteaux rouillés cramponnés à la frisette, en constituaient les seules « facilités ». Pas de toilettes. Enfin équipés, Ils se retrouvèrent près d'un bac en tôle, où les attendaient bouteilles et lests ainsi que les embouts, les détendeurs et les stab. Encore quinze minutes pour tout monter et tout vérifier. Le plongeur français n'avait émis jusqu'à présent que des onomatopées. Sa combinaison sèche professionnelle, d'un rouge criard, montrait qu'il mettait les moyens dans son hobby. Il ne s'embarrassait pas de paroles et ne voulait pas converser. Il était dans son monde. La rigueur ou l'autisme ? Il entra dans l'abri pour récupérer une bouteille supplémentaire, le Nitrox vraisemblablement, ainsi qu'une tablette en plastique jaune au bout d'une ficelle qu'il s'accrocha autour du cou : une abaque des durées des paliers selon la profondeur de plongée.

Le moniteur aida à charger tout le matériel dans le bateau. Reem prétexta l'oubli de son masque dans le vestiaire et courut vers le hangar. Elle extirpa la radio de son sac et émit le signal convenu. « Réception confirmée ! » Puis elle retourna vers l'embarcation son masque en main. Elle se demanda de quel stratagème elle userait les jours suivants.

Le zodiac quitta la rade et après trente minutes de navigation à allure moyenne, mit l'ancre dans une crique rocheuse. La houle, bien formée, n'était pas pour rassurer l'équipage. Le moniteur s'assura que le mouillage était sûr. Pendant ce temps, Reem sortit son smartphone pour récupérer les coordonnées GPS du spot.

Le pilote éteignit le moteur. Le moniteur profita du calme pour donner les consignes. Il s'adressa au plongeur par un « Xavier », c'était donc bien lui, en lui expliquant le déroulement de la plongée et qu'il l'accompagnerait. Xavier semblait protester. Il préférait être seul, jugeant son niveau suffisant. Le moniteur, justifia que pour une première séance, c'était non négociable. En revanche, il demanda à Reem de plonger seule en se rapprochant de la côte et en se limitant à vingt mètres de profondeur maximum. Il la mit en garde de ne pas mettre sa main dans les anfractuosités. « En ce moment, lui rappela-t-il, il y a des congres qui s'y cachent. Leurs mâchoires sont plus puissantes que celles des chiens ».

La visibilité était moyenne. Le ciel s'était mis au gris. Les rochers étaient peu visibles, car trop sombres. Des algues géantes fantomatiques dansaient en symbiose avec la houle. Reem écourta sa plongée car elle espérait voir le bateau intercepteur, même s'il avait été convenu qu'il passerait au loin. Mais rien à l'horizon. Le pilote demanda pourquoi elle était remontée après quarante minutes ? « Do you feel good ? ». Reem prétexta qu'elle avait mal enfilé sa combinaison et qu'elle avait froid.

Xavier remonta à son tour. Le pilote et Reem l'aidèrent à monter à bord. Ses jambes flagellaient sur l'échelle, tant le poids de tout l'équipement était important. En retour, elle n'eut aucun remerciement. Le pilote engagea la conversation en commentant. Mais Xavier n'avait pas envie de parler. Il se contentait de hocher lorsque le moniteur lui rappelait ce qu'il aurait dû faire.

De retour au club, Reem remercia l'équipe et confirma une nouvelle plongée pour le lendemain. Le moniteur lui annonça qu'il l'accompagnerait pour tenter les quarante mètres. Xavier, lui, plongerait seul.

Une fois rhabillée, elle fila vers sa voiture pour s'apprêter à suivre Xavier. Il partit rapidement à son tour et contourna la côte en direction de Milford et s'arrêta devant un bâtiment récent siglé de la société Wave Electricity . Une grosse BMW était garée sur le minuscule parking de la société. Reem continua un peu plus loin avant de se garer. Taraudée par la faim et par le froid, elle était persuadée qu'elle apprendrait quelque chose de nouveau en guettant les aller et venue. Après une heure et demie d'attente, trois hommes sortirent enfin. Ces cheveux jaune lavasse et ces yeux bleus. C'était bien Chris Andersen.

En revanche, elle fut dépitée de l'échange par radio qu'elle eut avec le commando. Le bateau d'interception n'avait même pas levé l'ancre. Cette journée n'avait compté pour rien. Elle fit comprendre au colonel Berru que l'occasion « idéale », c'est-à-dire lorsque la cible plongeait sans moniteur, ne se présenterait pas forcément tous les jours. La réponse qu'elle reçut, fut que le commando ne devait prendre aucun risque.

Lasse, elle décida d'aller manger un peu avant de rentrer. Elle fit demi-tour pour dépasser l'excroissance de Jattles et retrouver l'un des pubs qui lui avait semblé sympathique, dans la direction du terminal de ferries. Elle entra, il était encore tôt et l'endroit était calme. Elle se tint devant le comptoir et les manettes ivoire des soutireuses de bière. Il y en avait cinq en batterie. Elle aimait ce décor et les gestes précis, mille fois répétés du « waiter », lorsqu'il tirait une pinte et arasait la chope pour en écarter d'un coup, le surplus de mousse. Le contact, forcément liant, se matérialisait par une question, l'air de rien et néanmoins empathique à votre égard. Elle faisait partie du service.

— What about today Miss ? Nice weather. Isn't it ?

— I am starving because I dived, then I waited for somebody outside for two hours long !

— This guy knows a lot about the diving center. He can tell you the story. It is interesting ! May I recommend you the steak & kidney pie ? A large one ?

Reem se délecta lentement de la mousse couleur ambre de sa bière. Elle voulait rester un moment dans cet endroit propice pour un break. Elle se posta devant celui qui connaissait le centre de plongée et lui demanda si elle pouvait s'asseoir et discuter plongée. « Sure Miss. Please have a seat ! »

Le barman déposa sur la table le pie d'une taille respectable. Un fumet inimitable s'échappait du couvercle de pain lorsqu'elle le souleva. La conversation s'engagea alors.

L'homme assis en face de Reem se présenta. Il se prénommait « Aal ». Enfin c'est ce qu'elle capta. Mais l'homme rectifia pour épeler distinctement son prénom : Aelhaearn. Il commença alors à raconter…

« Une équipe de la COMEX est restée ici pendant presque un an. De temps en temps, un conseiller venait. Je crois qu'il s'appelait Philippe Cousteau. Un gars très sympa. Et le club de plongée fut créé. Il était tellement populaire ici à Pembroke que de nombreux jeunes, dont je faisais partie, s'inscrivaient pour découvrir ce nouveau sport ! Le club compta jusqu'à plus de trois cents membres. Il fallait réserver sa plongée presque une semaine à l'avance ! Puis dans les années quatre-vingt-dix, les responsables du club ne se sont plus entendus. La technique des plateformes se passa de plongeurs soudeurs et bientôt les plongeurs amateurs ainsi formés, trouvèrent que les fonds marins de la mer rouge ou de Thaïlande étaient plus attractifs que ceux de Pembroke. Le club périclita mais on maintint une compétence de plongée en eau profonde. Une des seules au Royaume-Uni.»

Reem au départ passionnée par cette histoire, se surprit à s'endormir, la plongée, l'attente, la bière et le steak and kidney aidant. Elle demanda un café oubliant par-là, qu'élaboré outre-manche, il ne produirait en rien l'effet qu'elle recherchait. Elle but le jus immonde et sortit pour marcher un peu avant de prendre sa voiture.

Une fois assoupie sur son lit, elle ne prit même pas la peine de répondre à un appel. Elle avait le sentiment de ne plus rien maîtriser, d'être un pion et de ne plus être un élément essentiel pour la réussite de cette mission singulière : rendre un homme infirme à vie. Elle ferait le job, se dit-elle. Ni plus ni moins ! Et elle dormit douze heures de suite.

Le lendemain, pluie. La quantité de bacon servie au petit-déjeuner était adaptée à la météo et à la grande fatigue de leur visiteuse, que ses hôtes du B&B avaient constaté la veille. Un coucher direct. Pas de dîner, pas de conversation… « How chocking ! »

Reem fut plus loquace ce matin-là et attaqua le breakfast avec un solide coup de fourchette. Puis elle se souvint qu'elle devait appeler son chef. La sonnerie retentit assez longtemps avant la réponse. Elle prit les consignes de Paris et elle raccrocha. Arrivée au club, elle commença par le bureau afin d'obtenir le maximum de renseignements sur la plongée du jour. Il plongerait seul, cette fois-ci. Le moniteur la guiderait avec une autre personne. Le spot n'était pas encore décidé. Elle insista, mais elle sentit que c'était le domaine réservé d'Allan, le moniteur. Elle se dirigea vers le vestiaire, croisa l'homme à la combinaison rouge. Il était prêt. Le temps de mettre sa combinaison et d'appeler par radio elle informa le commando. Elle insista sur le fait que la cible serait seule cette fois et qu'il était équipé d'une bouteille de Nitrox. Bref, les conditions étaient réunies pour agir. Elle insista bien sur cette constatation. Elle ne reçut en retour aucun signe quant à l'éventualité d'une intervention. Reem Kertali rejoignit alors juste à temps la palanquée sur le zodiac. Allan avait eu la galanterie de lui mettre son matériel à bord. Le spot était le même apparemment, que celui de la veille. Même rituel du mouillage et de l'énumération des consignes que Reem connaissait déjà. Il y eut quelques échanges très techniques entre Xavier et Allan sur la procédure des paliers et des modalités pour échanger le Nitrox à l'air comprimé. L'homme qui accompagnait Reem semblait être un habitué du club. Il lui fit signe de plonger la première. Ils remontèrent à bord de concert une heure après. La plongée s'était bien déroulée et Allan leur montra un congre à l'affût avec sa lampe torche. L'œil du congre était impressionnant ! D'une couleur bleu électrique, dépourvu d'expression, de la taille d'une bonde de lavabo. Contrairement aux murènes, on ne taquine pas un congre en agitant son gant à proximité de sa mâchoire. Allan lui montra sur son smartphone des séquelles de morsures de congre sur des plongeurs imprudents. Prise par ces explications, Reem leva enfin la tête. Elle avait oublié de surveiller la présence d'un éventuel bateau intrus à proximité. Mais rien encore une fois… Vingt minutes plus tard, l'homme à la combinaison rouge remonta à la surface. Il semblait tellement exténué par cet exercice qu'il ne pouvait monter seul à bord du bateau. Une fois son masque retiré, il était livide et littéralement vidé, presqu'incapable d'échanger avec Allan. Après un court répit, le bateau prit le cap vers le port. Il ralentit l'allure pour progresser lentement en ligne droite vers Jattles. Elle distinguait le quai et l'abri minable du club. Trois hommes semblaient les attendre. Reem Kertali distingua enfin à proximité du hangar, la même grosse BMW qu'elle avait vu la veille près du siège de la Société Wave Electricity. Ce n'est pas bon, se dit Reem en elle-même, et elle chaussa discrètement la cagoule de sa combinaison pour ne pas être reconnue.

    Arrivé à quai, Xavier se dirigea vers les trois hommes qui le congratulèrent pour son exploit. « Je reconnais l'un des trois hommes, se dit Reem. C'est bien Chris Andersen avec son regard de congre. Le même bleu électrique ! » A son tour, le Danois la toisa du regard. Il l'avait reconnue. Une fois à terre, elle fila se changer et sortit en un temps record. Elle ne voulait pas les croiser à nouveau.

Elle poussa le trajet de retour en voiture jusqu'à Milford Haven pour se changer les idées. Elle choisit le centre-ville très cosy pour déambuler le long des rues piétonnes. Elle se promit en elle-même que le lendemain, serait le jour de son ultime plongée. Après tout, ce commando n'en faisait qu'à sa tête. Il n'avait qu'à gérer seul toute l'opération. « On n'est pas force spéciale pour rien ! Qu'ils fassent quelque chose de concret avec leur maudit rafiot intercepteur, qui jusqu'ici n'avait pas quitté son mouillage ! »

Elle fut cette fois-ci plus « urbaine », une fois rentrée au B&B, que le soir précédent et engagea la conversation avec ses hôtes, même si l'accent guttural de l'homme restait aussi insaisissable qu'au premier jour. Elle régla son séjour et confirma son goût pour un breakfast copieux pour le lendemain. La série télé et l'offre d'occuper l'un des « trônes » du salon, une place de choix, ne lui disaient rien. Elle y était sensible néanmoins et elle monta se coucher.

Le troisième jour, Allan projeta de se rendre à un autre spot. Xavier était là, ponctuel, comme à l'accoutumée, les trois hommes à la BMW absents. « Tant mieux ! » se dit-elle. Ils partirent comme une équipe maintenant bien rodée. Ils se séparèrent et plongèrent selon les consignes. Une fois remontée à bord, Reem distingua la proue d'un petit chalutier qui progressait lentement et se détachait de la pointe rocheuse de l'anse où ils avaient mouillé. Le pavillon était britannique. Était-ce le commando ? Elle le souhaitait vivement jusqu'à ce qu'Allan commençât à manifester son inquiétude en regardant sa montre de plus en plus souvent. Après trente minutes, n'y tenant plus, il chaussa son équipement et les avertit qu'il allait voir ce qui se passait. Il plongea et disparut dans les flots gris. Reem distingua le halo lumineux laissé par sa lampe torche au fur et à mesure qu'il plongeait.

Allan remonta avec Xavier après dix minutes. L'équipier de palanquée de Reem se jeta spontanément à l'eau pour leur porter secours. Xavier faisait des gestes désordonnés et se tordait de douleur. Il n'avait plus à l'évidence, toutes ses facultés motrices et ne pouvait pas monter. Ils le hissèrent à bord tous ensemble tel un paquet. Ils n'étaient pas trop de trois pour effectuer cette besogne. Allan appela les secours en insistant sur l'urgence. Il expliqua que l'hôpital de Pembroke avait conservé un caisson et qu'ils le placeraient en conditions pour qu'il refasse les paliers. Mais il était pessimiste, vu les symptômes. En rentrant, le pilote ne prit même pas la peine de ralentir. Ils virent le quai, l'ambulance... et les trois hommes de la veille. Qu'allaient-ils penser de cet accident ? Certainement pas qu'il s'agissait d'une coïncidence fortuite avec la présence de Reem à bord. Que faire ? Sauter du zodiac ? Ce serait un aveu de culpabilité. Le rythme cardiaque de Reem Kertali se mit à grimper. Elle choisit de rester à bord alors que les deux infirmiers descendaient dans l'embarcation pour récupérer le plongeur inanimé. Sur le quai, L'homme au regard de congre l'observait, l'air menaçant. Il manifesta néanmoins un signe d'empathie, lorsqu'on allongea Xavier sur un brancard. Ils l'accompagnèrent jusqu'à l'ambulance. Un des ambulanciers leur confirma qu'ils pouvaient monter aussi avec le blessé jusqu'à l'hôpital. Mais non, ils revinrent vers le zodiac.

À ce moment précis, Reem Kertali était seule à bord. Elle se jeta sur l'amarre et la détacha, puis actionna la marche arrière et mit enfin les gaz. Le pilote et Allan lui firent des signes. Elle persistait à suivre sa route en direction du large en poussant le moteur, une fois passé le phare du chenal. Elle souffla et maintint son cap sans savoir ce qu'elle allait faire. Après une demi-heure, elle eut l'impression qu'elle était poursuivie. « Il n'était pas visible, ce bateau, il y a cinq minutes », se demanda-t-elle. Il était plus rapide. Elle se rendit compte qu'elle allait être rattrapée par ses poursuivants. La côte était maintenant très éloignée. Elle vit au loin un champ d'éoliennes. Un rapide coup d'œil sur le réservoir de carburant lui confirma qu'elle n'avait pas assez d'autonomie pour revenir sur ses pas. La seule échappatoire c'était une de ces éoliennes, en comptant sur le fait qu'il y eût une porte verrouillable de l'intérieur pour s'y réfugier. Elle fonça droit sur un des mâts et accosta, non sans mal, avec cette houle du large. Elle asséna plusieurs coups sur la serrure de la porte d'accès avec une barre de fer qui se trouvait à bord, s'introduisit dans le mât et commença à gravir la volée de marches de cet escalier en colimaçon. Un rapide coup d'œil vers le sommet lui indiqua qu'elle avait le temps pour trouver un moyen de se sortir d'affaire avant d'atteindre la plateforme zénithale. Il ne lui avait pas semblé apercevoir d'écoutille. Elle pensait à son rythme de montée qu'elle s'efforça de maintenir le plus régulier que possible... Comme à l'entraînement. Elle perçut les bruits de ses poursuivants qui tentèrent en vain, des tirs dans sa direction.

La première plateforme annulaire ne présentait en effet aucun obstacle interdisant toute progression vers la nacelle. Il y avait une sorte de pelle dans un fût de graisse. Elle en préleva une bonne quantité pour en tartiner copieusement les barreaux de l'échelle verticale qu'elle emprunta. Elle décocha un coup de barre de fer sur les lampes d'éclairage de la plateforme. Cela les retarderait. Arrivée dans la nacelle, elle vit le treuil de maintenance. Elle ouvrit la trappe extérieure avec difficulté en raison du vent violent, tout en se disant que sa seule chance de salut c'était la fuite par l'extérieur. Il ne lui restait pas plus de cinq minutes pour mettre en place son évasion. En guise de harnais, elle accrocha une sorte de sac muni de sangles au crochet du treuil et tenta d'amener l'ensemble vers l'ouverture extérieure. Elle éprouva de la difficulté à faire basculer le crochet et à actionner en même temps la commande du treuil. Enfin, elle réussit à se hisser dehors dans son harnais de fortune et à bloquer la commande. La descente fut beaucoup plus lente qu'espérée. Une fois passée en dessous de la nacelle, elle se trouva ballottée par le vent à tel point qu'elle eut peur d'être interceptée par une pale. Soudain, la longue descente stoppa. Elle était encore trop haute pour tenter sans risque un plongeon libérateur. Elle se sentit remonter. Elle respira très fortement en imaginant comment elle allait parlementer pour sauver sa peau. Un comité d'accueil armé jusqu'aux dents l'attendait en haut de la nacelle. Un des hommes l'aida même à s'extirper de son harnais pour qu'elle puisse pénétrer à l'intérieur. Ils étaient trois et communiquaient entre eux dans une langue qu'elle ne comprenait pas. Le plus déterminé, la poussa vigoureusement vers l'armoire électrique et la mit en joue avec son arme. Elle comprit soudain qu'elle n'avait plus aucune chance. Elle se souvint alors d'une scène de guerre au Niger, dans laquelle, avec deux de ses camarades elle avait été tenue en joue par des terroristes. Elle se remémora cette impression de mort si proche. Là-bas, elle avait fermé les yeux, entendu la rafale et lorsqu'elle les avait ouverts de nouveau, son chef d'unité était là et les deux terroristes à terre.

Le coup de feu résonna. Elle se sentit partir…

« Maudit treuil ! » Ils essayèrent de remettre le corps de la femme dans le harnais dans l'idée de la descendre avec le treuil. Il ne marchait plus. Aucun ne se sentait la force de la porter jusqu'en bas et surtout de la descendre par l'échelle à crinoline pleine de graisse. Ils décidèrent donc d'abandonner le corps sur place en se disant que la prochaine visite de la maintenance n'aurait pas lieu avant des mois. Cela suffirait pour que les indices de ce meurtre ne portent plus à conséquence. Ils dévalèrent les escaliers et bloquèrent la porte en sortant.

Les pourquoi , parce que…

Groupe « Un temps pour soi ». Trouver la réponse à huit pourquoi selon ce qui vous passe par la tête

Pourquoi là ? Parce que c'est mieux

Pourquoi toi ? Parce que tu es là

Pourquoi ici ? Je répète, c'est mieux !

Pourquoi par-là ? Parce que c'est plus intime

Pourquoi toi ? Parce que c'est bien de toi que vient cette toile

Pourquoi en haut ? Parce qu'elle mérite d'être en valeur

Pourquoi à droite ? Parce qu'elle serait écrasée par l'autre tableau

Pourquoi en bas ? Excuse-moi tu as raison, c'est pas bien

Pourquoi à gauche ? Parce que j'ai déjà planté le clou

Pourquoi nous ici tous les deux maintenant ? Parce qu'on l'admire ensemble

Pourquoi voir plutôt qu'écouter ? Parce qu'il n'y a rien à ajouter

- - - § - - -

Le ballet des nacelles

Extrait autobiographique de 2500 caractères de mon mémoire professionnel : Les codes

C'était la fin d'un après-midi ensoleillé, juste avant l'averse de six heures. L'atelier était éclairé en contre-jour et les formes mouvantes des ouvriers se détachaient sur l'immense façade vitrée, comme les marionnettes d'un théâtre de karagueuz. Nous arrivions à la fin du chantier et comme celui-ci devait laisser la place dans une semaine à l'installation du process, nous avions demandé aux entreprises présentes de décupler leurs ressources. Il y avait là une douzaine d'entreprises et plus de deux cents ouvriers qui œuvraient ensemble. Le soir, les nacelles étaient regroupées et bien alignées. Il y en avait au moins une vingtaine. C'était impressionnant ! Je ne pus résister au plaisir de me poster dans un coin et comme un gosse qui contemple goulûment les évolutions d'une pelleteuse de chantier, j'observai avec étonnement le ballet des nacelles et des ouvriers. Il y avait là une densité d'activité importante. Mais au lieu de se gêner, les hommes s'entraidaient, s'escamotaient avec leurs matériels, sans mots prononcés. Il y avait comme une communion des gestes à accomplir de concert, pour l'achèvement du projet, même s'ils étaient exercés par des employés d'entreprises concurrentes. J'avais remarqué que ces compagnons travaillaient en confiance et avaient hâte, dans une atmosphère d'émulation, d'achever dans les délais impartis. Le sureffectif ne semblait pas constituer une gêne. Au contraire, il y avait comme une sorte de synergie : l'effet de groupe et de coactivité produisait une accélération. Il fallait dans ces moments favorables éviter toute remise en cause des ouvrages à réaliser. Je ne pus m'empêcher de penser aux bâtisseurs de cathédrales qui certainement se respectaient et travaillaient en bonne intelligence pour le but commun, mais devaient jouer des coudes en se mouvant les uns sur les autres. Les artisans et ouvriers du bâtiment savent travailler ensemble depuis des siècles…

Je comparai cette situation à celle qui allait subvenir, une semaine plus tard, lorsque le process se mit à investir les lieux, déchargeant çà et là des dizaines de palettes de moyens, sans aucun souci des travaux en cours, des risques d'entraves et de gêne des autres. Les cris advinrent, les ordres et contre-ordres. Bref, le bordel ! Le monde de l'industrie, c'est-à-dire celui que l'on nomme des biens d'équipement, interférait avec celui des compagnons bâtisseurs. La mésentente durait depuis 1850, époque du début de l'aire industrielle. Bienvenue à la bleusaille !

Poème de cinq pieds

Groupe « Un temps pour soi ». On écrit en trois minutes un poème de cinq strophes comportant chacune quatre vers, sans qu'il y ait nécessairement de rimes. S'il y en a, c'est un plus. L'important est ici le rythme. Le nombre de pieds est tiré aux dés. Le thème est ici un personnage.

Il ne s'enfuit pas

Toujours sur la brèche

Le soir il s'enferme

Depuis il s'en va.

Chacun peut conclure

Que son abord brut

N'est pas très sociable

Vous en conviendrez

Mais son apparence

Cache une gentillesse

Une grande empathie

Qui n'est pas visible

Toujours sur la brèche

Amitiés et rires

Il est brut de serpe

C'est mon copain Pierre

- - - § - - -

Une probable rencontre

Nouvelle de science-fiction de 30 000 caractères, extraite du roman EXPLORA, pour le concours de nouvelles Le Bussy, fondateur de la revue Galaxie.

A l'issue de cette mission sans retour, ce court échange télépathique est le peu qui me relie à Carole. La phase de rentrée dans l'atmosphère commence, suivie des secousses provoquées par les courants stratosphériques. Le freinage violent induit par la poussée des moteurs me déséquilibre. J'ai juste le temps d'agripper mon siège. Les trépidations s'amplifient. Je ressens tout d'un coup le contact des patins avec le sol. Le calme revenu, je médite un long moment en fermant les yeux jusqu'à ce que ma pulsation cardiaque retrouve un rythme normal.

L'aire sur laquelle Pioneer s'est posé, est plane et dépourvue de roches et de végétation. La visibilité est bonne, il n'y a pas de brume. La caméra me permet d'explorer les alentours, à l'abri, depuis cette boîte protectrice. Je crois apercevoir des silhouettes qui s'approchent. Elles finissent par former, à distance, un arc de cercle autour du vaisseau, attendant un signe de vie. Ce sont des humanoïdes bipèdes, grands, proportionnés comme nous. Ils se meuvent avec lenteur. Ils sont trop loin pour que je puisse discerner leur physionomie. Entièrement nus, la peau sombre, ils sont couverts d'une sorte d'onguent coloré. Avant d'ouvrir l'écoutille, je choisis de me dévêtir également, par mimétisme. Le joint d'étanchéité comprimé depuis des années se déchire dans un claquement. L'échelle se déploie. Une impression d'humidité m'envahit. Il n'y a pas d'odeur particulière. Aucun souffle d'air. Je me muni du respirateur et saisis l'ordinateur, présélectionne une musique, la plus apaisante possible. Je descends l'échelle et ressens que le sol est souple et meuble. Je pense aux premiers pas sur la Lune. À la différence avec ce moment historique, j'ai conscience que l'on m'observe.

Je leur fais face. Ils me dévisagent avec la curiosité d'un chat qui guette sa proie avant de fondre sur elle. Contrairement au félin, j'ai l'impression que leur intention est pacifique. Ils ou elles sont trois face à moi, à moins de dix mètres. Je crois distinguer qu'il y a un mâle et deux femelles de taille presque identique. Comme l'avait prédit Igor Kolli, le biologiste, leur dimorphisme sexuel est très peu marqué. Le mâle s'approche. Aussitôt, je déclenche la musique enregistrée, tout en le regardant fixement. Mon cœur bat la chamade à nouveau. Aussi j'effectue ce geste pour me rassurer. Comment me perçoivent-ils ? Amie ou ennemie ? Je pose l'ordinateur par terre pour tendre les deux mains vers lui. En réponse, il fait de même, lentement, sans pour autant me toucher. Il me tend un pot et mime de sa main gauche un mouvement circulaire de friction sur son corps, puis désigne les rayons qui dardent de l'étoile Proxima. Il faut que je m'enduise de cette crème, sans quoi ma peau ne tardera pas à cuire. Je saisis le pot d'onguent et m'en couvre entièrement le corps. Je le rends à mon hôte avec un sourire, en m'avançant vers lui d'un pas. Les deux autres se sont rapprochées. Des lignes brisées colorées, leur couvrent le visage, la poitrine et les bras. Leurs yeux sont entièrement noirs, rendant leur physionomie peu expressive.

Le mâle prononce « Orin Tché » tout en portant la main sur sa poitrine. Le son qu'il émet est fort, clair, d'une tonalité très aiguë et surprenante eu égard à sa taille.

Je réponds à son invitation par mon prénom « Marilyn ». Oh surprise ! Le timbre de ma voix a changé. Elle ressemble maintenant à celle d'un canard ! Est-ce dû à la présence d'hélium en forte proportion dans cette atmosphère ? Ils se tiennent maintenant près de moi, tels des géants. Comme ex-basketteuse, du haut de mon mètre quatre-vingt, je ne suis pas particulièrement menue ! Mais ils me dominent d'au moins trente centimètres ! Je comprends mieux pourquoi ma taille et ma peau de métisse, étaient des atouts pour la mission. Il fallait que je leur ressemble le plus possible pour mieux m'intégrer.

Ils me font signe de les suivre jusqu'à ce qui ressemble à un groupe d'habitations. Impossible pour moi d'estimer les distances en l'absence de repères familiers. Nous atteignons enfin des constructions coniques très hautes. D'autres humanoïdes sont là et nous observent. L'un d'eux lâche une sorte de vocalise articulée, comme pour questionner celle qui mène notre groupe. Ils doivent communiquer comme nous avec un langage parlé.

Nous nous enfonçons dans un corridor très ombragé et frais encadré par deux rangées de termitières géantes. En pénétrant dans l'une d'elles, nous continuons dans un long couloir. Les deux femelles nous quittent et seule avec le mâle, je rentre dans ce qui semble être son logis. Je ravale mon inquiétude et toute ma gêne. Nous nous trouvons dans une pièce cosy. Elle comporte au centre une table entourée de plots cylindriques. Elle dispose d'une ouverture donnant sur l'extérieur ainsi que d'un comptoir à l'opposé, qui me fait penser à une cuisine. C'est curieux : il m'emmène chez lui en toute simplicité, comme si je faisais partie de ses connaissances et que l'on s'était quitté hier ! Cette invitation informelle m'étonne, sans qu'aucun représentant officiel, un médecin, un militaire, n'intervienne. Ils ont bien vu mon vaisseau se poser ? Cela va peut-être arriver plus tard ?

Nous ne sommes pas seuls, il y a deux femelles dans la pièce. L'une est sensiblement plus petite. Enfin, affaire d'échelle: elle a la même taille que moi. Je m'assieds sur l'un des plots car j'ai l'impression tout d'un coup d'être prise de vertiges. La fatigue, le manque de nourriture ou d'exercice physique dans un environnement à nouveau soumis à la gravité ?

Après avoir inspiré quelques bouffées d'air avec le respirateur, je vais mieux. La « petite » m'observe. Elle s'approche de moi et s'assied tout près. Sans aucune appréhension, elle met son bras à côté du mien. Elle me fait comprendre sans une parole que nous avons des bras et des avant-bras de longueur très comparables, dotés des mêmes articulations. Nous avons presque les mêmes mains ! Sauf les ongles. Les siens sont très foncés et étroits. Elle est intriguée par mes seins. Bien que j'aie une petite poitrine, elle les trouve proéminents et pointus. Elle s'en amuse en mimant avec ses doigts, ces bosses incongrues qui sortent de ma poitrine. Elle soulève alors son bras gauche et j'aperçois qu'elle a sous l'aisselle une sorte de mamelle. Est-ce l'équivalent du sein chez eux pour allaiter leur nourrisson ?

Elle poursuit son examen jusqu'à comparer nos pieds qui sont différents. Son pied est large. Surtout, il ne comporte que trois orteils, les phalanges du pouce et du premier orteil ne font qu'un. Une légère dysmorphie qui l'amuse tant elle insiste dessus. Elle se lève alors et se tenant face à moi, elle me montre son nombril, puis son sexe. Sur ces particularités, nous sommes très semblables.

Cette femelle téméraire doit être leur enfant. Quel âge peut-elle avoir ? J'ai l'impression qu'elle n'a pas plus de cinq à six ans, si je compare son attitude et celle de nos fillettes. Mais comment est-ce possible qu'elle soit aussi grande ? S'ils sont constitués de cellules diploïdes, cela pourrait être la cause d'une croissance accélérée. J'ai beaucoup à apprendre ! La lumière du jour commence à décliner. Orin Tché me fait signe d'entrer dans une large cabine qui s'élève du sol jusqu'au plafond. Sur le côté, une sorte d'écran d'ordinateur. À part l'électronique , elle me fait penser à une cabine de douche. La porte s'ouvre et on m'invite à y entrer seule. Je suis aspergée par des jets puissants qui surgissent de toute part. Le baume protecteur avec lequel je m'étais enduite s'évacue. Puis viennent des souffles puissants pour me sécher. J'ai l'impression de me retrouver dans un lavomatic de station-service. Deux minutes plus tard, je sors, complètement à poil.

Les membres de cette petite famille viennent tour à tour se doucher. Dans la pièce principale, le volet de l'ouverture sur l'extérieur s'abaisse alors qu'il fait maintenant nuit noire. Surgissent du plafond, des châssis de couchages individuels revêtus d'une sorte de natte tressée comme du rotin. Ils descendent lentement jusqu'à hauteur de la taille. Malheur, il n'y a pas de drap ! C'est logique, ils ne s'habillent pas. Pas de draps, pas de tissu, ils ne connaissent pas le textile. Comment vais-je fermer l'œil ? Il faudra que je récupère demain une combinaison dans le vaisseau.

Chacun s'installe pour dormir. Je m'aperçois que personne n'a mangé. Mon estomac commence à crier famine. Quelle nuit horrible je vais passer ! Une fois allongée, je fais mentalement un bilan de ce premier contact. Je me souviens de ma trouille, il y a quelques heures lorsque j'avais ouvert l'écoutille. Cela aurait pu être pire. C'est vrai que j'ai été on ne peut mieux accueillie jusqu'à présent. Ces êtres sont très apaisants. Vivre ici, vais-je m'y faire ?

La lumière commence à me taquiner les paupières. J'entends le bruit du lavomatic dans l'autre pièce. Je n'ai pas dormi. Toutes les couches sont relevées au plafond sauf la mienne. Orin Tché me présente sa « femme » : Mérin. Déjà enduite du baume, éclairée par la lumière du jour, elle est magnifique. Elle me sourit. Sa fille se présente elle-même : « Tolla, » dit-elle de façon saccadée en multipliant des sortes de flexions extensions pour sautiller sur ses jambes. Quelle impatience ! Elle me prend la main. C'est mon premier contact physique avec eux. Sa peau est chaude comme celle des humains. Elle m'emmène à la fameuse cabine. Là sur l'écran, elle fait défiler des dizaines de modèles de peintures corporelles. Je comprends qu'elle me demande laquelle me plairait. Avec difficulté, j'opte pour une parure parmi les plus sobres.

J'essaye d'exprimer à Orin Tché que je crève de faim. Pour la nourriture, j'ai bien fait, car là encore, rien n'est prévu. Ils ne mangent jamais ?! Du comptoir, Mérin extrait un énorme végétal coloré et odorant, un fruit de la taille d'une pastèque. Elle en coupe délicatement un quartier qu'elle dispose dans un plat et me fait signe de la main, pour que je le porte à ma bouche. Le fruit est juteux et extrêmement sucré ! C'est normal, avec la puissance des rayons de Proxima qui règne ici ! Je mange avec avidité et je m'asperge partout. Tous me regardent avec étonnement. Ce n'est pas leur heure. J'apprendrai plus tard qu'ils ne se nourrissent que tous les deux jours .Je suis toute barbouillée de jus et fais mine de chercher une serviette pour m'essuyer. Comme les draps et les vêtements , ce n'est pas non plus un accessoire qu'ils connaissent. Je cours vers ce que je crois reconnaître comme un robinet et me rince le visage et les mains.

Orin Tché insiste pour que l'on se rende dans un lieu précis, choisi par lui. Nous y allons ensemble. Telle une fillette, Tolla me tient la main. Le corridor d'hier mène à une agora vers laquelle tout le monde converge. C'est immense ! La lumière est très forte malgré l'abondante végétation grimpante et la présence de nombreux cylindres suspendus, d'où jaillit un brouillard d'eau rafraîchissant.

J'observe tout ce qu'il y a autour de cette place centrale envahie de plantes aux troncs tortueux du plus bel effet. En marchant, la tête de côté, je ne fais pas attention à cette feuille géante qui me gifle le visage. Il y a comme de petites échoppes sur le pourtour. Je n'entrevois pas de boutiques, enfin tout ce dont j'ai l'habitude. Je les observe se parler, se rencontrer autour de tables regroupées au centre de la place. Ils vivent nus, pas seulement à cause des conditions climatiques très clémentes, mais surtout par l'absence de barrières et de codes sociaux apparents. Je ne vois pas non plus de distinctions de comportement entre les femelles et les mâles, tant ils se ressemblent par leur physique et leurs manières. De dos, il est presque impossible de savoir de quel sexe ils sont.

Enfin, nous marchons à la rencontre d'un groupe qui nous attend. La discussion s'engage et chacun, chacune, parle à tour de rôle. Parfois, Tolla me serre la main plus fort après un propos prononcé. Je me doute qu'il s'agit de mon sort. Où vais-je bien m'intégrer ? Il faudrait vite que je puisse les comprendre ! C'est vrai que loger chez le premier venu après un voyage de quatre années-lumière, c'est cocasse comme aboutissement dans un nouveau monde !

À la fin du conciliabule, nous reprenons à ma demande la longue marche du retour vers le vaisseau et dans cette plaine dénudée, nous nous frayons un chemin parmi quelques longues tiges qui nous dépassent et dansent au vent. Est-ce là la seule végétation de cette plaine ? Je remarque aussi qu'il n'y a pas d'oiseaux dans le ciel et pas d'insectes volants comme des mouches ou des moustiques qui viendraient, pourquoi pas, se coller sur notre couche d'onguent. Enfin une forme au loin se détache de l'horizon. Je ne sais pas pourquoi, la silhouette de Pioneer que je n'ai jamais vue, me rassure. Pourtant, il est bel et bien cloué au sol ! Cette cheminée de métal se dresse fièrement sur ses pattes d'araignée. Je monte à l'échelle et entre-ouvre la porte de l'écoutille. Le vaisseau a été visité, quel capharnaüm ! Tout est sens dessus dessous. Orin Tché qui m'a suivie, constate mon dépit et me regarde mettre de l'ordre. J'envoie un court message vers la Terre et prends ma combinaison et mes lunettes de traduction auxquelles je tiens comme si c'était de l'or. C'est grâce à elles que nous pourrons, je l'espère, communiquer. Orin Tché est intrigué par ma combinaison. Un accessoire bien curieux des Terriens. J'ai l'impression qu'il veut la toucher. Je la lui tends. Il tâte lentement l'étoffe, il la malaxe avec ses doigts. Son étonnement confirme que toute matière textile leur est inconnue.

La priorité pour moi est de pouvoir échanger avec eux. Une fois au logis, j'ouvre un didacticiel linguistique sur mon ordinateur. Je montre à Orin Tché le premier mot illustré : « chien », que la machine prononce. Quel mauvais exemple pour commencer, car j'imagine, il n'y a pas de chiens ici ! Je saute les mots inappropriés en me rendant compte qu'il y en a énormément. Je lui confie l'ordinateur ainsi que des écouteurs, qu'il parvient à chausser sur ses oreilles. Il se met à répéter les mots, les uns après les autres. Cet exercice fastidieux, il faudra que je m'y colle à mon tour avec les lunettes de traduction. Je sais où il en est, car je l'entends prononcer les mots gare, station, et l'expression « prendre le métro » au combien incongrue ! Elle me fait rire. Il y en a qui provoquent chez lui une certaine agitation comme courir, ce qui semble l'amuser beaucoup et, faire l'amour, qu'il prononce, non sans insister sur la syllabe « ouuuur ».

Après deux jours passés ensemble, il se lance à parler en «Terrien». Je mets à profit ses débuts de connaissances des humains pour lui montrer les logiciels pédagogiques de notre civilisation tels que l'histoire, la géographie, la politique, l'économie…sans oublier les religions. Orin Tché assimile vite. Ça va devenir intéressant ! En contrepartie, il va falloir que je me mette à l'apprentissage du langage Kollien.

À force d'exercices mutuels, c'est par la parole que Tolla et moi, nous nous comprenons maintenant. Même s'il n'est pas encore possible d'échanger sur des concepts abstraits, sauf celui de joie dont elle m'inonde tous les jours, j'attaque avec elle la manière dont elle compte et séquence le temps. Tous les matins elle me fait réciter les chiffres, l'équivalent de 1, 2, et je dois les écrire sur sa tablette. Elle est très fière de m'enseigner quelque chose !

Elle dénombre comme nous en base dix, et là où les choses diffèrent, c'est sur le séquençage du temps. La journée comme la nuit sont divisées en dix déciles. Donc, un décile est un peu plus court qu'une heure. La division en mois et en années n'a pas beaucoup d'importance : il n'y a pas de saisons pour rythmer les cycles de la nature. Ainsi donc, la subdivision du temps en équivalent de mois n'a pas lieu d'être. Ils disent ainsi dix, vingt, cinquante journées… Une révolution de K530 sur son orbite autour de Proxima, dure ainsi cent cinquante journées. J'apprends ainsi que Tolla est âgée de treize révolutions, ce qui correspond à environ six ans et demi. Je ne m'étais pas trompée. Elle est toute jeune ! Les Kolliens vivent en moyenne deux cent cinquante révolutions. Pour l'âge de Mérin, elle n'est pas très sûre. Elle ne fête pas son « révolutionnaire », comme son père d'ailleurs.

Orin Tché éprouve le besoin d'entamer la conversation dans la langue qu'il vient d'apprendre. Il temporise entre ses phrases, et cherche dans mon regard, une approbation sur sa bonne façon de dire. Ce qu'il essaye de faire doit être extrêmement éprouvant ! Aucun humain ne serait capable de parler une langue au premier jet, sans en avoir reçu un enseignement oral. Il commente ce qu'il a vu sur mon ordinateur, les guerres menées par les humains et surtout, se soumettre à Dieu est une notion curieuse pour lui. Ce qui l'étonne, c'est que toutes les cultures ont leur religion ! Aucune n'y échappe. Les fondements mystiques des religions polythéistes sont pour lui des plus poétiques et invraisemblables. Il me fait remarquer que dans le Panthéon des dieux Grecs, l'immortalité est un pouvoir supérieur qui leur permet de dominer les hommes. Mais pour les hommes, la vie éternelle des dieux est une grande injustice.

Je lui rétorque que la suprématie des dieux n'est pas immuable et que leurs relations étroites et complexes avec les hommes ont été rapportées dans de merveilleux poèmes comme l'Odyssée. Ulysse se joue du pouvoir des dieux et des monstres grâce à sa ruse et son intelligence. C'est par sagesse qu'il suscite la protection d'Athéna et d'Hermès. L'immortalité n'est pas pour lui une aspiration cardinale. Il la refuse de Calypso. Les relations entre les dieux et les hommes sont le reflet des faiblesses humaines. En parcourant les didacticiels de la littérature et des arts, Orin Tché remarque que les mauvais sentiments comme la convoitise, la vanité ,la jalousie, la vengeance que les religions réprouvent sont aussi sources d'inspiration de nos œuvres majeures. C'est une contradiction ! Mon hôte, ne met-il pas le doigt sur nos différences majeures ?

Leur vie est bien plus longue que la nôtre. Elle semble plaisante et sans contraintes, émaillée de la pratique du sport, de la marche, du jardinage. Ils socialisent beaucoup, mais ne sont pas stimulés par des activités créatrices et culturelles. Ce désir d'éternité des humains n'a pour eux aucun sens ! Il n'est pas rare que les plus âgés prennent retraite pour mourir seuls avant le terme physiologique de leur vie. Les terriens sont plutôt individualistes. Eux sont grégaires et économes en ressources et se contentent d'assouvir des désirs simples. Comme ils vivent lentement dans une période diurne très courte, je pense qu'ils n'ont pas le temps d'approfondir. Leurs relations sont basées sur un respect mutuel sans rapports hiérarchiques. Leur attitude naturellement empathique exclut tout sentiment de domination. Ils s'étonnent que nous puissions nous soumettre à une hiérarchie.

Orin Tché a effectué sans rien me dire tout ce que j'aurais dû faire. Il a réussi à rentrer le vocabulaire Kollien dans mes lunettes de traduction. Je meurs d'envie d'essayer et lui demande de dire quelques mots. Les mots prononcés s'affichent dans mon langage familier, bien distinctement, en relief sur les verres de mes lunettes.

Je commence à me plaire dans ce monde pas si éloigné de celui des humains. Leur simplicité et leur bienveillance me touchent. En revanche, je ne me suis pas habituée à leur nourriture. Malgré les efforts de Mérin pour adapter ses bouillies à mon goût, le résultat est peu ragoutant. Un jour on m'annonce que je suis attendue loin d'ici. Orin Tché me conseille de récupérer des affaires au vaisseau pour un long séjour. Qu'entend-il donc par long séjour ? Il me dit un quart de révolution. Traduit dans mon échelle de temps, c'est environ deux mois.

Le peuple des montagnes a détecté Pioneer lorsqu'il était en orbite et a observé mon atterrissage. Leurs habitants ne comprennent pas que je ne me sois pas posée chez eux. Ils veulent m'analyser ainsi que mon astronef, porteur d'une technologie bien singulière. Je suis impatiente de les rencontrer et de découvrir leurs mœurs différentes. Je suis une exploratrice et ai été missionnée pour ça ! Mon transfert aura lieu à la frontière. Orin Tché m'accompagne. Je ne suis pas inquiète. Nous montons dans « le tube », pour nous y rendre. Le voyage est long. Orin Tché en profite pour me livrer quelques détails sur eux. Ils sont « technologues », comme il aime à le dire. Ils vivent environnés d'objets fabriqués, ils sont vêtus de tissu et vivent moins longtemps que dans la plaine car toujours occupés. Je m'inquiète de savoir s'ils sont accueillants et pacifiques. Il m'affirme que oui.

le retournement brutal des sièges et le freinage violent sont le signe de notre arrivée imminente. En sortant du tube, Orin Tché me prend le bras, un contact physique qu'il n'avait jamais entrepris jusqu'alors, et me regarde dans les yeux comme au premier jour. Il me dit adieu.

La plateforme mène à un ascenseur, c'est la seule issue. La porte s'ouvre. Je me retrouve nez à nez avec un Kollien habillé, la tête ceinte d'un bonnet qui ressemble à celui d'un troll. Il me montre la douche. Ici elle est normale. Les vêtements qu'il me tend ne me vont pas. C'est finalement avec ma bonne vieille combinaison terrestre, que je sors.

Je vais subir des examens — le type d'accueil auquel j'aurais dû me soumettre, au premier jour. Je me livre vaillamment aux scans des machines de visualisation, aux palpations diverses, à la prise de sang et même à un prélèvement de chair !

Quelques jours après, je retourne au même hôpital pour y subir une petite intervention. Le chirurgien, très affable et attentif, me reçoit. Il va me greffer une puce qui contient le langage Kollien. Elle sera connectée dans mon cerveau, aux neurones qui commandent la parole. Une heure après le début de l'intervention, je sens une légère proéminence à la tempe gauche. « Vous verrez, il faut un peu de temps pour s'y habituer. L'influx nerveux dans votre cerveau est plus rapide que le temps de réponse de cette sorte de dictionnaire cybernétique -- pour l'écoute et la traduction de ce que vous entendez, mais surtout, pour que les muscles qui déclenchent la parole, obéissent aux consignes de la puce qui vous a été greffée. Essayez ! »

J'ânonne, le réflexe naturel consiste à obéir d'abord aux ordres de mon cerveau, dans ma langue. Ils viennent instantanément alors que l'électronique, elle, nécessite un temps de calcul et de réponse. Aussi, les mots en Kollien viennent avec retard et se télescopent avec ceux de mon langage naturel.

Oh ! J'ai complètement oublié à quel point je suis loin de chez moi. Carole, il faut que je renoue les liens télépathiques avec elle au plus vite. Je dois lui transmettre ce que j'ai apprises sur K530 et les Kolliens. Je réussis à m'isoler le temps nécessaire.

On veut me présenter à l'assemblée des sages déjà réunis dans la grande salle du conseil. Les gradins sont pleins. Il peut y avoir là, trois cents personnes ? On me fait asseoir au centre, au deuxième rang. Maintenant, je comprends le Kollien comme ma langue maternelle et me rends compte que cette assemblée est réunie pour décider de mon sort. Mais pas seulement.

L'exposé démarre par des vues à l'écran du Système solaire, accompagné de ses planètes telluriques. La Terre s'affiche, telle qu'à une distance équivalente, nous l'aurions reconstituée en image de synthèse. J'ai un serrement au cœur en apercevant ma planète mère. S'ensuit une série de clichés de mon anatomie. D'abord mon portrait. Je ne me trouve encore pas si mal pour une Terrienne sortie d'hibernation et bombardée par les rayons cosmiques pendant plus de dix ans ! Puis se succèdent des sections et des images de mon corps. C'en est gênant de voir mon intimité projetée à cette taille devant ce public. Le physiologiste que j'avais rencontré la première fois dans cet hôpital, les commente et conclut qu'entre Kolliens et Terriens, que de similitudes il y a !

Un des sages suggère à l'assemblée de me ramener sur Terre. Mais comment ?

— Serions-nous capables de reconditionner ce vaisseau terrien ? interroge l'un d'eux.

— Avons-nous la technologie ? demande un individu au fond.

— Cela prendrait du temps ! répond le facilitateur des débats. Quitte à s'engager dans cette voie, autant envisager à notre tour, une mission sur Terre.

Brouhahas à nouveau dans les gradins. Le chef de la commission consultative semble pressé de conclure. Il propose de récupérer mon vaisseau. Une vingtaine de révolutions plus tard, trois sages me reçoivent. Ils me parlent de leur projet.

« Ne faudrait-il pas envisager votre retour ? » aborde l'orateur de l'assemblée que je reconnais. Du bout des lèvres, il évoque la possibilité d'un échange avec un messager Kollien vers la Terre. Ce retour doublé d'un échange m'intrigue ? J'ai peur de deviner leur intention: Ils suggèrent d'aménager une deuxième place dans mon vaisseau, puis de le remettre en orbite pour un vol retour dans les mêmes conditions qu'à l'aller.

— Nous avons discuté avec les habitants de la Plaine, pour récupérer votre vaisseau. Bien entendu, nous ne procéderions à cette opération qu'avec votre accord.

— Vous l'avez, dis-je, sans trop réfléchir sur le moment. Ai-je le choix de contrer leurs intentions ?

J'ai fini par m'habituer à cette nouvelle vie et surtout à apprécier ses habitants. Ne suis-je pas bien ici ? L'idée de passer dix nouvelles années avec un Kollien dans le vide interstellaire me révulse. Ils le perçoivent à l'expression de mon visage, et n'insistent pas.

Me voilà à nouveau sur le seuil du logis d'Orin Tché. Il m'accueille, immobile, le visage figé et je devine à son attitude que quelque chose s'est brisé en mon absence.

Tolla a beaucoup demandé après moi. Mérin a jugé que cette situation, c'est-à-dire ma présence qui s'interpose dans sa famille, ne peut plus durer. Lorsqu'elle a appris mon retour, elle est partie avec Tolla.

J'ai mis trop d'affect dans ma relation avec Orin Tché et les siens. Quels efforts n'ont-ils pas faits pour que je m'intègre parmi eux ! Je m'assimile à une intruse et le regrette. Vu de la Terre, on s'imagine que des conditions biologiques favorables sont suffisantes pour s'acclimater sur une autre planète. Mais bâtir avec des êtres si éloignés de nous, des relations sociales cohérentes présente une difficulté bien plus considérable qu'un voyage , même s'il a pris dix ans ! Il faut que je m'intègre ici et que j'écarte définitivement de ma tête toute éventualité de retour. Orin Tché éprouve de l'affection pour moi, sur ce point, je suis sûre de ses sentiments. Il souhaite me voir habiter avec lui…c'est ce qu'il m'avoue maintenant. Je lui dis que j'ai décidé de ne plus retourner sur Terre. Enfin il me serre dans ses bras.

Bien plus tard, après quelques révolutions, le mal du pays revient à nouveau. Ce tissu rêche dans lequel je m'enveloppe pour dormir et qui tient lieu de drap, l'absence d'activités culturelles, les nuits si courtes… dont celle-ci, pendant laquelle j'ai mal dormi à force de gamberger sur le passé. Ce n'est pas le mal de tête qui revient régulièrement, mais plutôt une nostalgie qui émerge de plus en plus souvent. Parfois cela dure plusieurs déciles. Plus que l'éloignement, c'est ce mode d'existence qui me déprime. Le mal du pays m'envahit. Je n'arrive plus à me résigner à ne plus pouvoir revoir ma famille à jamais, mon environnement à Cologne, la Terre quoi !

Cela génère des crises d'angoisse très aiguës. Ce matin je rêve par intermittence. Carole se tient devant moi debout, immobile. C'est absurde ! Aussi je me retourne et me rendors pour chasser de ma tête ce rêve absurde. N'y tenant plus, je me réveille complètement et me redresse vers la tête de la couche. Carole est bien là qui m'observe…

— C'est toi Carole ? Comment as-tu fait pour arriver jusqu'ici ?

— La télé transportation ma chère, répond-elle avec un large sourire. Je ne suis pas physiquement là, mais tu peux me voir.

— Comment est-ce possible ? demande Marilyn.

Je m'approche de Carole, j'essaye de la toucher mais mes doigts traversent son poignet. Mon amie est comme une enveloppe visuelle en trois dimensions à la façon d'un hologramme. Mais en plus, elle bouge et paraît même capable de me parler !

— Là par exemple, tu me vois, demande Marilyn ? Tu saurais décrire la pièce ?

Carole tourne la tête et commence à se déplacer autour du lit.

— Oui, je te vois. En fait, j'utilise ton ouïe et ta vue par la pensée. C'est grâce à ce partage sensoriel que je perçois ton environnement.

— Mais tes paroles, d'où viennent-elles ?

— Je ne te parle pas physiquement. C'est une résonance que je provoque dans ton cerveau. Je communique avec lui.

Un bruit survient. Orin Tché entre dans la pièce.

— Je te présente Carole. Tu la vois ? lui demande Marilyn.

Carole découvre avec surprise la morphologie d'un Kollien. Elle s'attendait à des différences plus marquées avec les humains. Elle convient qu'il peut aisément tenir le rôle de compagnon d'une femme.

— Non, où est-elle ? demande-t-il.

Il revient vers la porte en traversant le corps de Carole. Elles s'esclaffent toutes les deux ! Il ne s'est aperçu de rien. Étonné, Orin Tché lui demande ce qui la fait rire. Elle lui prend alors la main ce qui provoque à nouveau le fou rire de Marilyn. Orin Tché, est gêné et ne comprend pas la situation. Elle finit par abréger son embarras en lui vendant la mèche.

— Nous sommes trois dans cette pièce : toi, moi et mon amie Carole avec qui je communique par télépathie. Tu ne la vois pas ?

— Je ne vois rien que nous deux.

— Regarde vers la fenêtre et concentre-toi.

— Tu sais Marilyn, il ne peut pas me voir. Malheureusement, je pense qu'il ne sera jamais possible qu'Orin Tché puisse me voir un jour !

— Carole, ta présence, même immatérielle, est un rayon de soleil pour moi. Comme je suis comblée !

— Bon anniversaire Marilyn !

- - - § - - -

Histoire complétée

Groupe « Un temps pour soi ». En partant d'une brève écrite par l'un des membres du groupe, on la complète en racontant autre chose, en insérant de nouvelles phrases (ici en italique) entre chacune de celles du récit initial.

C'était la première fois que ça lui arrivait. *Cette lumière intense qui traversait les volets.* Se réveiller en pleine nuit, juste après un cauchemar, telle l'angoisse de l'examen. *Ce film de la veille avec cet interrogatoire très violent. Il n'avait rien avoué.* Sa présentation était pourtant presque terminée. *Son alibi, il n'avait pas tenu. Il en était quitte pour une séance de torture encore plus brutale.* Impossible de se rendormir. *Qu'est-ce qu'on ne peut pas inventer comme raffinement dans la cruauté !* Elle se tourne et se retourne sur elle-même. *Tu es trop agitée, ma pauvre fille !* Tu n'arrives pas à te rendormir et tu vas arriver défaite demain. *Il y a eu aussi ce webinar sur le Transsibérien, le lac Baïkal, Irkoutsk… le rêve ! Pourquoi s'emmerder à ces examens ? Je prends ça trop à cœur !* Une peur la saisit. *Mon exam, est-ce bien demain ou est-ce déjà passé ?* Elle voulut prendre un somnifère. *Mon compagnon me dit de vérifier mon agenda. Comme ça tu seras rassurée, angoissée que tu es !* Elle n'en aurait de toute façon pas avalé. Elle s'habilla silencieusement. *Les examens auront lieu dans un mois.* Elle sortit faire une balade dans la rue.

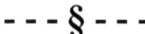

Poème de trois pieds

Groupe « Un temps pour soi ». On écrit en trois minutes un poème de quatre strophes comportant chacune quatre vers articulés sur deux rimes. Le nombre de pieds est tiré aux dés.

        Mafiosi
        Crapuleux
        Dégrossi
        Anguleux

Virginie
Casque bleu
Désunie
Nébuleux

            Tivoli
            Sacrebleu
            Edifie
            Fabuleux

Pétrifie
Onduleux
Réussie
Mélodieux

- - - § - - -

Haïku argentin

*Groupe « Un temps pour soi ». A partir d'un mot de trois syllabes — ici « **oulipo** » — je compose un poème de trois vers en cinq, sept puis cinq pieds, devant inclure chacun, une des syllabes du mot choisi.*

Mais **où** m'emmène-t-il ?
Ce n'est pas très **li**ttéraire !
Cette rime im**po**ssible

- - - § - - -

Le violoncelliste de Lviv

Le luthier de Massy m'a inspiré cette courte nouvelle en faisant mystère d'un instrument qu'il avait acquis et dont il voulait écrire l'histoire. Je lui ai proposé de le faire, mais il a refusé. Alors j'ai inventé sur la base de ces précisions : Il a été fabriqué à Lviv et est gravé au dos d'une multitude d'autographes émanant des habitués de la rue Huygens à Montparnasse. J'espère qu'il me le montrera un jour !

Le Duc de Richelieu me toise, la mèche au vent, longue et ondulée, son regard d'airain face à la Mer, l'expression apaisée et sûre d'un homme qui a accompli une grande tâche. La promenade ombragée le long du boulevard Deribasovska, est très agréable en cette fin d'après-midi de juin. La foule cosmopolite de Russes, de Moldaves et de Juifs, m'entraîne vers une volée de marches, qui plonge jusqu'au rivage. Il y en a deux cents parait-il ! Je découvre l'immense escalier Potemkine. Un violoniste s'agite à mi-hauteur. Il interprète un air tzigane. Son rythme est différent des rengaines roumaines qui me sont familières :

il n'est pas syncopé comme cette évocation d'une charrette qui cahote sur une route boueuse inondée. J'en avais l'habitude en Galicie et en Transylvanie lorsque avec mon père, nous allions chercher le bois de lutherie. Ce qu'il joue est un air riche et endiablé, avec ses trilles et ses attaques exigeantes en virtuosité. Il n'est pas sans rappeler les airs magyars que j'ai entendus à Czernowitz ou plus rarement dans ma ville natale de Lviv.

Je descends les marches et décide d'aller à sa rencontre. Il ne m'a pas vu. Je m'assois sur le parapet à sa hauteur, au même palier que lui. Sa gestuelle n'est pas celle d'un saltimbanque. Il me fait penser à un soliste concertiste, qui de façon incongrue, préfère répéter en extérieur. Mais ses gestes brutaux et virils, sa physionomie de bagarreur, son nez cassé, tout est contraste chez cet homme ! L'archet entre ses mains manque de se briser telle une brindille ! Le violon, perdu entre ses larges épaules a l'air d'un jouet. Curieusement, son jeu est sensible, enivrant. Je sors mon violoncelle de sa housse et commence à l'accompagner discrètement en improvisant une succession de croches et de triolets dans sa tonalité. Ses accords en mi-bémol, sont classiques pour cet air populaire. J'ai maintenant la mélodie bien en tête, mes coups d'archet sont plus appuyés. Je risque quelques phrases en réponse, pendant ses brefs silences. Ça y est, il m'a vu ! Il me jette de brèves œillades d'encouragement au fur et à mesure que nous jouons de concert. Puis, tel Richelieu, son regard se tourne vers l'infini, il se laisse aller à son inspiration.

Après une heure de ce duo complice improvisé, sans qu'aucun promeneur ne s'arrête, il me salue avec un large sourire et me tend une poignée de main vigoureuse.

— Léonid, lutteur et violoniste. Vous venez d'arriver à Odessa ?

— Symon. Je viens de quitter Czernowitz. Je voudrais tenter ma chance ici.

— Vous avez un bon jeu ! Venez, on va faire connaissance autour d'un verre sur le boulevard Primorsky. Les terrasses de cafés accueillantes ce n'est pas ce qui manque !

Nous prenons une table. Il m'interroge à propos de mon nom. « Symon, tu es juif ? ». J'acquiesce sans crainte. Un musicien qui ressent la musique tzigane comme lui ne peut être que juif. Il me répond que son vrai nom est Lazare Weissbein. Léonid Outiossov, c'est son nom d'artiste. Il est tout à la fois lutteur, acteur de théâtre, chanteur et à l'occasion musicien. Il me confie que ses penchants sanguins et bagarreurs lui ont joué des tours. Ainsi, il s'est fait renvoyer de l'orchestre d'Odessa à la suite d'une mémorable dispute avec le chef qui n'y connaît rien à la musique hongroise. La vodka et la drôlerie de l'anecdote provoquent rires et larmes. Sa franchise sans bornes le rend très attachant.

Je lui dis que je voudrais bien habiter dans le quartier Moldavanka. Connaîtrait-il par hasard un meublé ? J'ai quitté Czernowitz parce que l'orchestre municipal n'avait pas voulu de moi. « Pas assez virtuose », m'avait-on reproché. En ne parlant que yiddish et polonais, j'ai fini par me rendre compte que je n'avais aucune chance ! Seul l'allemand compte dans cette capitale orientale de l'Empire Austro-Hongrois. Alors, Je suis venu tenter ma chance ici à Odessa parce que la communauté y est très importante. Tout à trac il me dit que Moldavanka est un quartier maudit.

« Tu sais qu'il a été le siège d'un pogrom terrible ! Il y a eu plus de victimes que lors de la charge des cosaques en 1905 contre la manifestation bolchevique. Mais si tu y tiens … »

« Viens avec moi chez Alexandre, propose-t-il. C'est un ami peintre. Il est né ici. Il est doué, mais il ne vend rien. Ah, s'il peignait des élégantes en belle toilette et ombrelle, celles de la plage d'Arkadia par exemple, il aurait plus de succès ! »

Sa masure en bois est presque délabrée. La courette envahie de fleurs qui la précède, l'enjolive néanmoins. Il nous accueille sur le pas de la porte. L'odeur de térébenthine exhale de la seule pièce, tout à la fois atelier et logis. Son style est naïf, original, chaleureux, adroit dans le choix des couleurs. Mais selon Léonid, à l'opposé du goût classique et convenu des Ukrainiens du grand monde. Sur presque toutes les toiles sont évoqués les toits baroques d'Odessa sur lesquels joue un orchestre. C'est son credo, sa marotte. Chaque musicien a sa propre expression. Leonid me montre le tableau qu'il affectionne.

— Il me représente en train de jouer du violon à califourchon sur le toit !

— La symbolique de l'artiste est au-dessus de la tragédie de la vie, rétorque Alexandre.

Il nous fait asseoir autour d'une table bancale, champ de bataille de pots d'essence, de pinceaux et de tubes de couleurs racornis. Il sort trois verres et nous sert de son meilleur uzvar.

« Buvons ! Aujourd'hui est une grande occasion ! J'ai vendu deux toiles exposées au restaurant Kumanets. C'est un médecin de Kiev. Juif bien sûr ! »

Alexandre n'a qu'une envie : se faire reconnaître à Paris, y rejoindre Grigory Cluckmann, Tamara de Lampika et tous ces peintres russes de talent, tous aussi incompris les uns que les autres ici. Beaucoup sont d'Odessa. Ils se retrouvent tous les soirs dans un atelier qui s'appelle la Ruche de la rue Huygens. C'est très stimulant !

Léonid me conseille : « Tu devrais partir avec lui, Symon ! Il y a aussi des musiciens d'avant-garde dans cette communauté. Montparnasse : capitale des arts et paradis des juifs ! »

Ainsi ce jour-là, nous décidons de quitter Odessa tous les trois. Alexandre et moi à Paris, Léonid à Moscou pour tenter sa chance au théâtre…

Symon, le regard rempli de joie, replie une lettre et la range dans son enveloppe, après l'avoir lue presqu'à haute voix.

— Qui est ce Léonid Outiossov, dont tu répètes le nom ? lui demande la modèle blottie dans sa couverture après la pause.

— Un immense artiste que j'ai connu à Odessa. Nous sommes partis en même temps. J'apprends qu'il joue au théâtre de l'Ermitage dans la troupe Rozanov. Tu sais, j'en étais sûr, il devait réussir ! D'ailleurs il vient bientôt en tournée à l'Athénée.

— Dis, on ira le voir ensemble ?

- - - § - - -

Table des matières

Texte de pantoum sur le thème « Partir »	*3*
Mots en « ui »	*5*
Esclandre à Chtchiolkovo	*6*
Les 14 fois	*17*
Brève histoire autour d'un personnage	*21*
Tableau équestre en Moldavie	*23*
Commander une histoire	*27*
Les Teufeurs d'Irkoutsk	*29*
Meurtre à Pembroke Docks	*31*
Les pourquoi , parce que…	*49*
Le ballet des nacelles	*51*
Poème de cinq pieds	*53*
Une probable rencontre	*55*
Histoire complétée	*75*
Poème de trois pieds	*77*

Haïku argentin 79
Le violoncelliste de Lviv 80

© 2021, Philippe Malgrat

Édition : Books on Demand,
12/14 rond-Point des Champs-Elysées, 75008 Paris
Impression : BoD - Books on Demand, Norderstedt, Allemagne
ISBN : 9782322273171
Dépôt légal : janvier 2021